長編本格推理

台湾殺人旅情

「大地震　台湾殺人旅情」改題

斎藤　栄

祥伝社文庫

目次

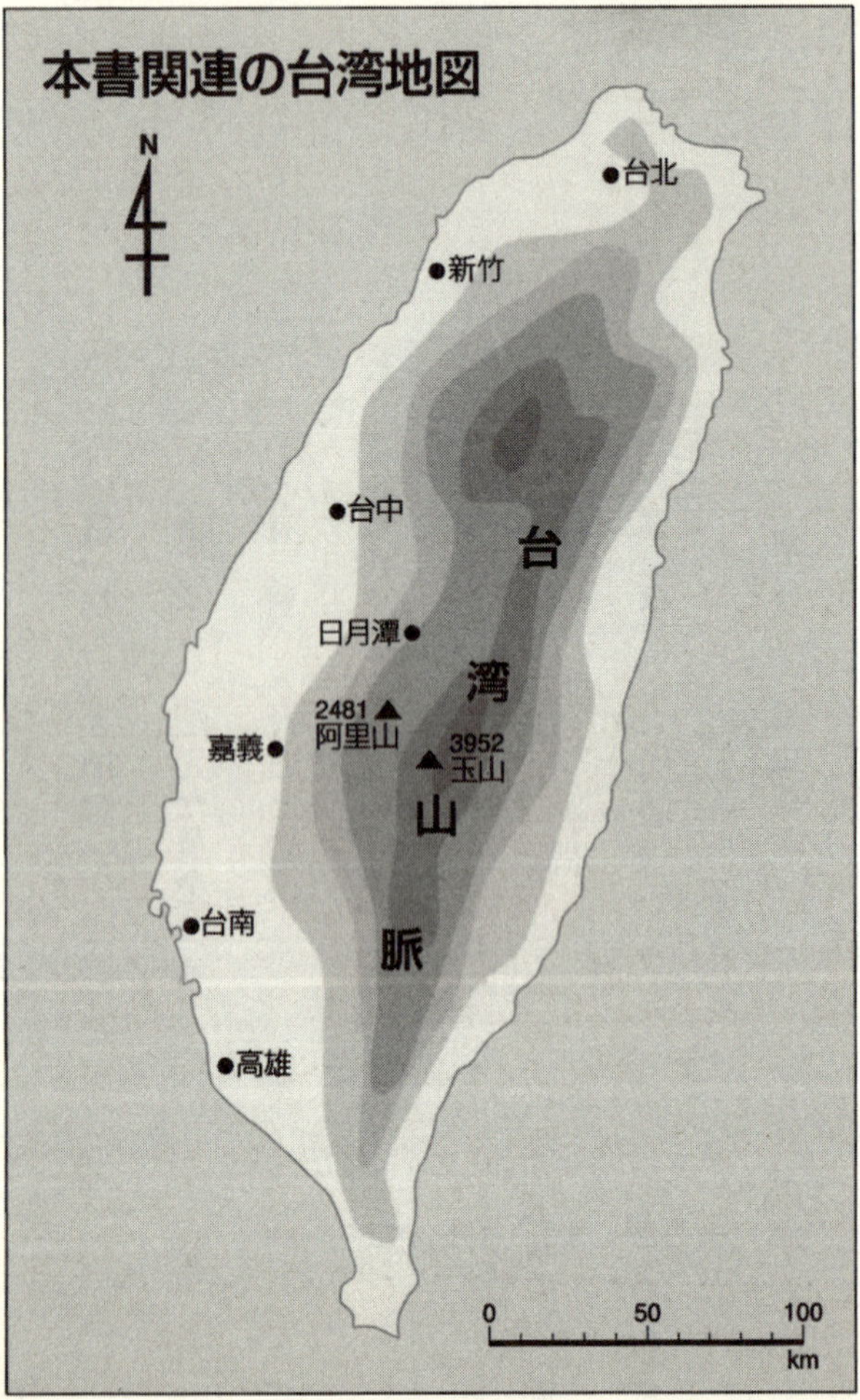
N
台北
新竹
台中
台
日月潭
湾
2481
阿里山
嘉義
3952
玉山
山
台南
脈
高雄
0
50
100
km

本書関連の台湾地図

第一章　大地震

1

ベル旅行社《トラベル》に勤める夏木梨香《なつきりか》にとって、今回の台湾《タイワン》ツアーの旅は、実に忘れることのできないものになったのである。

梨香は、これまで、主に日本国内専門の主任として、多くのプログラムを作り、実際にもコンダクターの役目を果たしてきた。しかし、台湾は初めてなので、現地の情報を時間をかけて調べたり、少数民族の言葉であるタイヤル語を勉強したりしてみた。

彼女の姉、香奈《かな》の夫は、警察庁の小早川《こばやかわ》警視正だが、彼はこのところ、台湾や香港《ホンコン》関係の仕事についていると、香奈から聞いていた。

ツアーに出発する前に、

「小早川さんからも、台湾事情をうかがっておきたいわ」

と言っていたのに、お互いかけ違って、とうとう、小早川に会えないまま、台北《タイペイ》行の飛行機に搭乗する羽目になってしまった。

　このことも、梨香にとって気になる事実だった。

　旅行業者である梨香は、とても何かを気にかける。やろうとしたことを、やりえぬまま出発すると、

〈縁起《えんぎ》がよくないわ〉

　とスッキリしない気持ちになる。

　だが、今回は、さらにいろいろの妙なことがあった。

　たとえば、天候についても気がかりだった。予定の日……九月二十日は、フィリッピン近くで発生した台風18号が北上をし、ちょうど、台湾の東側に近づいていた。しかし、羽《はね》田《だ》からのフライトに、これが支障ありということはなかった。台風は、中型で強いものだったが、それでも機の離着陸には、さしつかえないというニュースが流れてきた。

　ただ、梨香は、台風がとても嫌いだった。以前、九州《きゅうしゅう》の雲仙《うんぜん》へ行ったとき、モロに台風にぶつかり、さんざんな目にあっているからだ。

〈どうか、台風18号が、台湾に上陸するようなことがありませんように……〉

　と、ずっと思いつづけてきた。

　そのせいか、18号は、台湾のすぐ東方海上を、うまい具合にすりぬけてゆく様子であった。

〈やれやれ……助かったわ〉

と、梨香は思った。

今回のツアーは、関東《かんとう》地方の客一〇名による〈デラックス台北・台中《タイツォン》一週間の旅〉という触《ふ》れ込みだった。

デラックスというわけで、料金が高く、それだけに客の年齢層は高い。そうなると、コンダクターに対する要求は厳《きび》しい。だいたい、台湾旅行はハワイなどと同じように、現地では自由時間を多くとる、特に若いカップルなどはそれを喜ぶ。しかし、梨香の企画した旅のツアー客というのは、高年齢者が多く、ちょっとでも条件が悪いと、「どうしてくれるのか」と詰め寄ってくるし、そうしてオンブにダッコ的な旅をしたい者がほとんどだった。

だから、機が台北の空港に近づいたとき、梨香は、窓から外を見て暗然となった。台風崩《くず》れの雲であろうか、真《ま》っ黒な塊《かたまり》が立ち籠《こ》め、視界はドス黒く、一寸《いっすん》先も見えない有様《ありさま》ではないか。

〈困ったわ〉

と、彼女は思った。

台湾についたら、すぐツアー客に対して、

『台湾は欧米ではイラ・ホルモサと申します。これは四〇〇年前、ポルトガル船の乗員が、この台湾を見て叫んだ言葉……うるわしの島よ、イラ・ホルモサから来ております』

と説明しようと考えていたのだ。

〈せめて、天候だけは……〉

と、祈りつつ、地上へおりたった梨香であった。

その祈りは天に通じたらしく、空港におりたときには、天候は回復していた。が、このあと、とんでもないことが起きようとは、予想もしなかった。

2

ツアープランによると、空港からは、特別に仕立てた特急バスで、台中市郊外の八卦湖《はっけこ》という人工湖のそばにある西山《せいざん》大飯店別館へ向かうことになっていた。

まず台中へ行き、そこから台北へ観光しながらもどるという計画は、梨香の考案したものだった。ツアー客は、初めのうちは、少しくらいの長旅には我慢する。しかし、終わりが近づけば、辛抱《しんぼう》しなくなるものだと、彼女は知っていた。

西山大飯店別館についたときには、もう夜も更《ふ》け、あたりが暗かったので、八卦湖の水面《みなも》に映《は》えるライトアップの青い灯《ひ》だけが見えた。ここで、一行一〇名は、一団となって、遅い夕食を食べることになった。

最初の日は、この夕食だけが、客を喜ばせるメインダイニングなので、梨香は、この台北に本店のある西山大飯店別館に頼んで、特別製〈中日合同大栄コース〉という料理を手配しておいた。要するに、京料理と中華を、うまく配合した新作である。

これが的を射《い》たのか、大好評だった。

一〇名の内容《うちわけ》は次のようになっていた。

まず、日本生まれの台湾人が二人。一人は有名な青年彫刻家、胡上恵《こじょうけい》。もう一人は、日本名を鈴村章一《すずむらしょういち》と名乗る黄秀可《おうしゅうか》である。なぜ東京に住んでいるこの二人が、観光ツアーの一員になって、祖霊の地、台湾に行こうとしているのか、それをコンダクターとしても知りたかった。

胡上恵にそれを訊《き》くと、

「私は、実はあまり日本を離れたことがなくてね」

などと、曖昧《あいまい》に言うばかりであった。

突っ込んで訊くのは失礼なので、ただゴルフ焼けした胡の男らしい顔を眺《なが》めるしかなかった。

一方の黄は無口で、一人、ポツンとしていて、無駄口はきかないタイプにみえた。

あとは日本人ばかりで、ペアは三組。木村《きむら》という新婚旅行者、後藤《ごとう》という再婚を隠そうともしない中年夫婦、それと老年の夫妻である。

残る二人は、六十歳のカメラマン、佐倉《さくら》という人物と、桃山《ももやま》と名乗る画家で、いずれも、単独で、自分たちの取材のためらしく、カメラバッグや、スケッチブックなど、これ見よがしに持っていた。

彼らは、誰も彼も、最初のホテルでの食事には、満足してくれた。

〈要するに、観光地というのは、決まっているし、やっぱり、食事のおいしいものを出さなくてはダメだわ〉

と、あらためて梨香は感じた。

食事が終わると、明日からのコース説明をし、いちおう、この日の予定は、すべて終わりになった。

梨香は、

「あとは、みなさま、この美しい土地でごゆっくりお休みいただくだけですけど、さいわいこのホテルには、八卦湖という、素晴らしい借景《しゃっけい》がございますので、お寝《やす》みの前に、ベランダの椅子《いす》にお坐《すわ》りになって、ライトアップされた湖面と、中央の小島などをご覧いただけるとおよろしいと思いますけど……」

という、案内をつけ加えた。

こういう心遣《こころづか》いはガイドの心得《こころえ》でもあり、ツアーを楽しく、しかもスムーズに進めるには、コンダクターが、個々の客と個人的に知り合う場を持つことが大切だと梨香は信じていたのである。

はたして、カップルの人々が、出てくるかどうかはわからない、若い二人などは、ベッドへはいって、早くもお互いの躰《からだ》を愛し合い始めるかもしれなかった。

ただ、一人で来ている人は、みんな、梨香の言葉に従ってくれるだろうと思った。

梨香は、自分用に確保してあるシングルの一室にはいり、いちおう、顔のメイクを直してから、ベランダになっているコーナーへ出かけた。湖へ張り出した二階の部分、その下の庭の一角にはベンチやチェアが置いてある。それに光が当たって、まるで、濡れているかと思われた。

3

台湾という土地は不思議な気候で、台北など、北部のほうが、どちらかというとじめじめしている。それが台中に近い、このホテルのあたりになると、どこか空気が乾《かわ》いて、さわやかになる。
梨香は、
〈誰に話しかけてみようか……〉
と、思った。

胡も黄も、二人とも、むろん日本語はペラペラである。ついでに記《しる》すと、このあたりでは、六十歳以上の者なら、現地の人でも、日本語はわかるのが普通だ。まして、西山大飯店別館は、〈日本人客を主なターゲットにして〉営業開始に踏み切ったので、従業員は、日本で接客トレーニングしたくらいだから、言葉の不自由はない。

ただ、梨香は、自分の客であるツーリストたちに、どんなふうに接近するか、接近するには相手を選ばないと、スムーズにいかないのを感じていた。

一人の男が、二階のベランダの端に、三脚を立てて、湖中の妖《あや》しい青い光がロマンチックな幻影の世界を展開しているのに、ピントを合わせているのを見かけた。

歯切れのいいシャッターのリリースされる音がしたところへ梨香は歩み寄った。

カメラマンの佐倉である。

万一、彼が、もっともっと写真を撮《と》り続けるようなら、別の人をターゲットにするつもりだったが、さいわい、佐倉は、そこで一服し始めた。

「ご精《せい》がでますね。プロのカメラマンのかただとは伺《うかが》っていましたけど、自然を専門にお撮りになっていらっしゃるんですの？」

と、梨香は切り出した。

佐倉を第一に話し相手にしたのは、梨香はちょっとこの男に関心を持っていたからだ。

ひとつには、台湾はなんといっても、平和日本とは違い、いたるところに、軍事要塞がある。滅多《めった》やたらに写真を撮られると、ツアーの責任者として、公安当局や警察にお目玉を食うかもしれない。

ベル旅行社《トラベル》としては、とてもそれを警戒していた。

出かけしなに、社長から、

「夏木さんのことだから、心配ないだろうが、現地でのゴタゴタ……トラブルだけは勘弁してくださいよ。下手《へた》をすると、うちの会社の存立にかかってきますから……」

と、念を押されていた。

〈とにかく、この佐倉さんの本当の狙《ねら》いはわからないし、用心しなくては……〉

と、梨香は思った。

実際、プロのカメラマンなら、何か目的がなければ、こんな小ツアーに参加してくるのはおかしいのだ。

佐倉の真の狙いは何か……それを知っておく必要があった。

一服し始めた佐倉は、彼女を見た。

「いや、そうでもないんですよ」

と、彼は返事をして、ニヤリと笑った。

「じゃ、どんな？……社会現象とか市民生活とか……ですか？」

こうした面を集中的に狙うのは、要注意であった。

「うーん、それもいいとは思っていますが、どうも……」

あまり関心はないらしい。

「こういう……うちのようなツアーには、よく参加されますか？」

梨香はズバリと訊いた。

「えっ？……ああ、正直に言いますと、今回が初めてですよ」

意外な返事であった。

「そうですか、では、うちのツアーをご利用いただいて、本当にありがとうございます。プロのカメラマンの人に来ていただくなんて私、恐縮します」

と、梨香は言った。

「そんな……たいしたことはありません、まして、おたくに頼まれてやっている仕事でもないんだから……」

「今、お撮りになったお写真……どこかの展覧会にお出しになるのですか？」

と、梨香は話すマトをしぼった。

「展覧会……いや、出すかもしれません。しかし、今は何も考えずにやっています。そうだ。もう少し、別のアングルを撮るか……」

と、彼はタバコを灰皿に捨て、再びカメラのところへ行ったが、このとき、レンズをベランダの方から室内に向けた。

仕方なしに、梨香は、相手を替えることにした。

フト気がつくと、じっと佐倉の方を見ている謎めいた男……桃山の姿があった。

桃山は、職業欄には、画家と記入している。年齢は、佐倉と同じである。

〈画家なら、佐倉カメラマンに、興味を持っていることは間違いないわ〉

と、梨香は思った。

桃山は、二階のベランダから階下《した》へおりてゆこうとしていた。

梨香はその後方から近寄った。

「桃山先生、夜遅く、お休みですか……いつもは……」

と、問いかけた。

振り向いた桃山は、もしゃもしゃの頭を掻《か》きあげた。

「ま、そうですが……」

「では、お休みは午前一時とか二時とか……」

すると、桃山はフフンと、鼻を鳴らすようにした。

「もっと遅く？」

「寝たくなったら、朝になっていたってことは、よくあります。夜行性ですから……」

と、桃山は階段の中ほどに立ちどまった。

「そうなると、今夜はお相手がいなくって、退屈でしょう？」

と、梨香は笑いかけた。

「そう見えますか？……」

「見えますけど……、ホラ、カメラマンの佐倉さんあたりは、どんどんシャッターを切って、楽しそうにやっていらっしゃるけど、画家の人は、あんなふうにはできませんでしょう？」

「大丈夫」

と、彼は言った。

「え？　どうして」

「われわれは、頭の中に、映像というものを叩き込んでしまうんです。それから描《か》きますからね。それと……今日は、特に、……あの佐倉君との約束もあるんです」

「あら……桃山先生はあのカメラマンの佐倉さんと、お知り合いでしたの？」

「実はそうなんですよ。二人とも、同じパトロンのおかげで、メシを食っているんです。ま、もう正直に言いますよ。われわれは、今回、同じこの〈台湾旅行〉というテーマで、彼は写真、私はキャンバスで、それぞれの作品をつくる。旅行中はお互いに知らぬ同士を装《よそお》う……こういう話なんです」

「まあ……」

梨香は呆《あき》れた。

「パトロンが変わった人物でして。台湾出身者です。ちょっと公表はできませんけど」

こう言って、彼は豪快に笑いとばし、ポケットから出したタバコに、ライターで火をつけたのだった。

4

結局、パトロンという人物の正体はわからずじまいだったものの、芸術家同士の妙な人間関係が梨香に伝わってきた。

梨香は一人で、今度は八卦湖の湖畔《こはん》へおりてきた。

湖面を走る青い光。芝生と湖の間の草むらには、間接照明の黄色が輝いている。

彼女が、人影を求めて歩いているところに、突然、ひとつの黒い影が、足音もなく近寄った。

「…………」

梨香は夜目ながら、じっとその人影を見詰めた。

それは、彫刻家の胡上恵であった。

胡の名前は、まだ一般には、それほど知られてはいない。しかし、胡の師、畠山丈太郎《はたやまじょうたろう》という彫刻家は、文化功労者として、新聞紙上を賑《にぎ》わしたり、テレビに紹介されるほどの人間だ。

「夏木さん、お願いがあるんです」

と、不意に胡は切り出した。

どうやら、梨香が一人になるのを見届けて、ここまでついてきた様子だ。

「なんですか？……できることなら、なんでも……」

と、梨香は言った。

ツアー客に頼まれたら、コンダクターは、どのようなことでもしなくてはならないのだ。

「よかった！　あなたを信じて頼みます。これを……」

と、彼は、何かを取り出し、忙《せわ》しなく彼女の手に押しつけた。

「なんでしょう？」

と訊いた。

「手紙です。いいですか、間違えないでください。もし、私の身に万一のことがあったら、この手紙を、台北の西山大飯店本店にいる陳楊白《ちんようはく》へ届けてもらいたいんです」

渡されたのは、日本のお守り袋のようなものにはいっている。手紙だというから、陳あての秘密レターか。

「私の身に万一のこと？……そんな……」

梨香は、問題のものを、片手の掌《てのひら》に固くにぎりしめたまま、闇の中に突っ立っていた。

「何も訊かないで、――あ、まずい。他人《ひと》が来る。頼みましたよ」

不意に身を翻《ひるがえ》すと、胡の姿は、闇の彼方《かなた》へと消えてしまった――。

5

まったく、思ってもみなかった出来事だった。

梨香は、胡のことについて、よくは知らなかった。しかし、日本で生まれ育った台湾人で、有名彫刻家の弟子というくらいの知識はあった。いずれ、ツアー中に、「どんな彫刻をしていらっしゃるのですか？」と訊くつもりだった。

ところが、不意に一対一の対面と、闇の中での、やりとりというわけだ。

〈変だわ。万一のことがあったら……なんて。どういうことかしら？〉

わからないことばかりだった。わかっているのは、胡に、秘密の手紙と称する守り袋のようなものにはいったものを、台北の西山大飯店にいる陳楊白という人物に渡してくれ、と頼まれた事実だ。

ウムを言わさないやり方に、大きな謎を感じる。

〈万一のことがあったら……といっても……もしなかったら、私は、この手紙をどうしたらいいの？〉

　不思議である。

〈もしかすると、胡さんは、自分が何者かに狙われていることを知っていて、危険を察知して私に大切な手紙を渡したのかも……〉

　梨香はコンダクターとして、このツアーのラスト、台北から日本へ戻る直前には、西山大飯店の本店に泊まるのだ。必然的に、陳楊白には会える。

〈とすると……胡さんは、ツアーの途中からどこかへ行こうとしているのかな？〉

　と、梨香は考えた。

〈そうだわ。そうして、万一のことがなかったら、胡さんは私の手から、この袋を回収するつもりでしょう……〉

　と、こんなふうに考えをまとめた。

　そして、梨香は、預かり物を自分の手の中にしっかりと握りしめ、自分の部屋に戻る決心を固め、歩き始めたのだ。

　胡を狙っている人物は、じっと彼を監視しているに違いないから、今の胡と梨香の接近を嗅《か》ぎつけた可能性はある。

〈用心しなければ……〉

と、梨香は思った。

彼女はゆっくりと、落ち着いた態度で、自分の部屋に向けて移動を開始した。

こうなると、客との語らいはこの次にして、この手紙と称するものを、どこにしようか、決めなくてはならなかった。

彼女は、義兄の小早川警視正のことを思い出した。

これまでに、彼女はいろいろな事件に巻きこまれている。旅行社に勤めていると、奇妙な立場におかれる場合がある。そんなとき、いつも、客の立場に立つように彼女は心がけていた。

とは言っても、ここは日本ではない。まして、このあたりは、梨香も初めて来たばかりだ。

まして、今は夜、なん時間かすれば、日付も変わる。いわば真夜中だ。

気がつくと、ベランダに出ていたツアー客たちは、一人また一人と、——次第に自室へ戻りつつあるようだ。

〈何事も起きなければいいけれど……〉

と、梨香は祈った。

胡の言う〈万一のこと〉というのは、いったい、なんだろう……と思った。

胡の生命にかかわることが、第一に考えられる。他殺、自殺、誘拐《ゆうかい》、行方不明……いろいろあるだろう。
どうなっても、ツアー客の安全を第一に計るコンダクターとしての責任は重い。
〈旅行の第一夜からこれでは、先が思いやられるわ〉
と、感じた。
〈私がなすべきことって、何かしら？　ベストは？〉
と、梨香は、建物の中にはいるとき、真剣に考えた。
このままにして放置しておくのは、なんとなく心もとない。
〈でも、地元の警察など連絡したら、胡さんはかえってご迷惑でしょうし――〉
こうしたケースには、ベル旅行社《トラベル》にもこれというマニュアルはない。
――その場に応じて、適切な手段を講じなくてはならない。
こんな社長の言葉が頭に浮かぶ。
〈うーん、弱ったわ〉
と、梨香は思いながら、ドアをあけ、自室のライトを点《つ》けた。
明るい灯《ひ》が、新装の室内を照らし出した。

6

梨香がひとつ、思いついたのは、これまで何かあると頼りにしていた男の面影だった。

〈小早川さんと、もし、連絡がとれたら……どうしたらいいか教えてもらいたいわ〉

気がつくと、シングルベッドの脇には、電話機が見えた。いわゆる直通の国際電話がかけられるタイプだ。料金はチェックアウトの日、ホテルのほうから請求してくるが、非常に便利である。

〈これこれ……〉

と、思って梨香は送受器を取りあげた。

小早川のケイタイナンバーは知っている。そこで、さっそく、そこにつなげようとした。

〈あら、ダメだわ〉

奇妙なことに、どこがどう悪いのか、まったく相手は応答しないのだ。キャッチホーンサービスも出ない。

〈故障かしら……〉

と、思った。

すると、心の中に、にわかに焦《あせ》りの色が交錯してきた。

〈どうしよう……〉

あらためて思った。

時間は間もなく午前零時になる。日本時間は午前一時である。真夜中だ。

次第に梨香は不安になった。

フッと、ドアのほうをみると、ドアノブが、少し動いたような気がした。

〈あ、誰かはいってくる……〉

ドキッとした。

よくよく見直すと、それは気のせいらしかった。

〈いけない、このままだとノイローゼになっちゃう。眠れそうにないし、明日からのツアーの案内をちゃんとできなくなりそう——〉

そう思った。

彼女は決心した。

〈仕方ないわ、お姉さまなら小早川さんのこと知っているはずよ……〉

小早川の妻で、梨香の姉の香奈は、旅行評論家だけれど、最近は、小早川のアシスタントになり切っていた。

ついに、東京へ電話をかけた。いくらも待たされずに香奈は電話口に出た。寝起きのいいのは香奈の特技である。

「お姉さま、私よ、梨香。今、台中市近くの西山大飯店別館からかけているの……」

と、彼女はいくらか甘ったれたような声を出した。

「あらまあ……。ツアー中ね」

と、香奈は言った。

「コースや何か、送ったはずだけど……」

「ええ、いただいているわ。だけど……こんな真夜中に、どうしたの？」

と、不審そうに問いかけてきた。

「実は……ちょっと、犯罪めいた妙なことがあったので、小早川さんのご意見を伺いたいと思って……ケイタイに電話してもダメなの……」

梨香は言った。

「ケイタイ？」

「つながらないのよ」

「ああ、ごめんなさいね。今、彼は特殊な任務についているのよ。だから、急にケイタイが鳴ったりしたら困るらしいの。ケイタイの電源を切っているみたい」

「そうなの、よっぽどの事件なんでしょうね……」

「ええ。どこかへもぐりこんで、調べているみたい」

「それは……。困ったわ。どうしても連絡がとれないの？」

「私にも彼は、しばらく、なにも訊かないでくれって……」

と、香奈は、苦笑まじりに言った。

「じゃ、私がアクセスするのはダメね」

梨香は、がっかりした声をあげた。

香奈は同情したらしい。

「仕方がないわね。こうしましょう。私がとにかく緊急な連絡がほしいといって、本庁へ言うわ。そうしたら、なんらかの連絡法を、教えてくれるかも……」

「うーん、そんなことしたら、小早川さんにご迷惑がかかるわ」

「ほかに方法がないのよ」

と、香奈は言った。

梨香は諦めた。

「すみません、そこまでするほどじゃないの、ちょっと……不安になったものだから……」

と言った。

「それではね、ギリギリのところまで頑張っていて。その間に私のほうも、なにか手段をみつけておくわ」

「ありがとう」

「無事を祈るわ」

と、香奈は言った。

その優しい声だけがせめてもの慰《なぐさ》めだった。

7

小早川警視正は、このころ、沖縄《おきなわ》に来ていた。彼は、大阪に本店のある新地《しんち》銀行にかかわる大きな疑惑を追及していたのである。

それは新地銀行が、貸付不良債権増大のために経営が苦しいにもかかわらず、巨額の資産隠しをしているという内部の密告が、警察庁にあったことに端を発している。

何者かはハッキリしなかった。しかし、とにかく一千億という金額にのぼる資産を、銀行の上層部が、密《ひそ》かにどこかに持ち出したという情報には、信憑性《しんぴょうせい》があった。

密告者は、銀行の関係者ではないかというのだから、コトは重大だった。しかも、これを調べるべき大阪府警も、単独では手を染められない事情があった。経済、金融がらみの事件は、都道府県警察の手にあまるし、加えて、事件は、大阪から、九州、沖縄へと広がる様相を帯びていた。

小早川警視正は、ある密命を受けて、沖縄の本島に近い久米島《くめじま》へと潜入していた。

それは日本時間で、九月二十一日の、午前一時になろうとする真夜中のことである。

新地銀行の資産隠しにからみ、ある荷物が、こっそり、この島に運び込まれたというのだ。そのある荷物がなんであり、久米島のどこに隠されたかを内偵するのが、小早川の目的だった。

久米島というのは、若者がマリンレジャーを楽しむ島として知られ、ここには四〇〇年の伝統をもつ絹織物——久米島紬《つむぎ》がある。

小早川は、那覇泊《なはとまり》港から三時間三〇分の船旅で、この島に着いた。

日が暮れるまでは、じっとしていた。本来は、久米島空港経由で入島すべきだったが、もし、小早川の来島を警戒している連中に見つかると、仕事がやりにくいと思ったためである。

夜になってから、トクジム自然公園に近い島尻《しまじり》の集落に向かった。

真夜中になり、部下の一人とスハラ城跡から三〇〇メートルの地点に建っている、一軒の人気《ひとけ》のない民家を目ざした。

その民家に、新地銀行の資産またはそれを証明する何かが運び込まれたというのだ。

「こんな場所に、何を運んで来たのですか？」

と、闇の中を歩きつつ、フッと部下は小早川に語りかけた。

「その正体がハッキリわかりさえすれば、今回の探索は目的を達成できる。もうひと刻《とき》の辛抱《しんぼう》さ」

と、小早川は呟《つぶや》いた。

「こんな場所に放置しておくようなものといえば、書類じゃないでしょうし……」

「多分、違うだろう。もしかすると、事情を知っている人物を、銀行側が軟禁しているのかもしれない」

小早川は意外なことを言った。

「でも、それはかえって、目立ちすぎるじゃありませんか？」

「うーん」

唸《うな》り声をあげた小早川は、このとき、前方に灯《ひ》をみつけて合図した。

「君は右手にまわってくれないか。左右から挟撃する。あの建物がそうだよ」

小早川は、行動するとき、入念なチェックを入れる。初めての土地でも、数回、来ている人より、詳しいというくらいだ。

「わかりました」

と若い部下は言った。

「私の口笛の合図があるまで、動かないように……」

「はい」

「むろん、発砲もいけない。絶対に……。口笛はいつもの要領でやるから……」

「お願いします」

都会以外の、静かな土地では、口笛が自然な合図として有効だった。

こうして、闇の中で、二人は左右に分かれた。

闇の中に、黒々とした建物がある。その窓から、小さな光が洩《も》れていた。

〈人がいるな〉

と、小早川は思った。

が、じきにそれは間違いだと思った。

ドアのところで耳を澄《す》ませると、人の気配《けはい》はない。

小早川は、口笛を吹いて合図を送った。

しかし、用心しつつ、ドアを開くと、ガランとした中で、窓ガラスには、逆に、室内のライトが反射していた。

床の上に、ポツンと置き忘れられた懐中電灯の明かりが、頼りなげに点《つ》いている。何者かが忘れたのだろうか。

反対側からは、小早川の部下が潜入してきた。

「留守ですね」

と、低い声で囁《ささや》いた。

「いや……こういうのを、嶌抜《もぬ》けのからと言うんだ。狙っていたターゲットは、どこかへ移動したんだろうな……」

小早川はそう言い、自分のライトを点けて、腕時計を見た。

日本時間で午前二時四〇分だった——。

8

小早川が、台湾近くまで出張して来ていることなど、梨香は思ってもいなかった。せっかく、東京の姉、香奈と連絡できたものの、肝心《かんじん》の小早川は、特命を受けて、妻にさえ、居場所を明らかにしないところにいるのだ。

〈もう、こうなったら、眠《ねむ》るっきゃ、ないんだわ〉

と、少しヤケ気味になり、梨香は、衣類を脱いだ。

コンダクターは、いつ、夜中にツアー客から起こされないとも限らない。

「腹が減った。夜中に何か食べられるか」

とか、

「インターネットを使えるか」

とか、いろいろ、とんでもないことを訊かれる。

そうした要求に、いちいち応《こた》えようとすると、うっかり油断して寝込めない。そのために、昼間とは違うナイトウエアを用意しているが、それで室外へ出ても、一向におかしくないように工夫してある。

薄着の、しかし、ポケットが多くついていて、カードや現金など、ひととおり納まっているものを着るのだ。

さらに梨香は、香奈のアドバイスで、足にはやわらかなカンガルー製のルームソックスをはいた。これは眠るのに邪魔にはならないし、さっと飛び起きて、普通の靴としても使えるのだ。これは、阪神淡路《はんしんあわじ》大地震のあと、香奈が入手して、梨香にくれた便利な品である。

こういう恰好《かっこう》をした上、小さなリュックを枕許《まくらもと》においてて横になった。このリュックには、ツアー客からの預かりものや、メンバー表、ライトなど、大切なものがはいっているのだ。

それにしても、この夜はムシムシとして、蒸し暑かった。台風が近づくまでは、風があったのに、不意にパタリと凪《な》いだのである。

梨香は容易に眠れなかった。

すると、どうしても胡から預かった品が気になった。

〈いけないわ。あれを、リュックのほうに入れておかないと、大きなスーツケースの中で

は、わからなくなりやすい……〉

　と、思いかえした。

　いったん、スーツケースに納めたものを、灯《あかり》を点けて取り出してみた。

〈いったい、何が書いてあるものやら……〉

　見てはいけない、と思うと、いっそう、見たくなる。しかし、その誘惑に抗して、梨香は問題の袋をリュックに納めた。

　それから室内の飾り棚のところを見た。ミネラルウォーターがひと瓶《びん》あった。

〈咽喉《のど》が渇いた〉

　と、思った。

　ミネラルウォーターのことは、台湾語で〈コンゼソツイ〉という。氷は英語ではアイスだが、これは台湾語で〈ビン〉である。

　梨香はそんなことを考えつつ、ミネラルウォーターをコップにあけて、氷を加えた。それからひと口飲んだ。

「うまい……」

　と、思わず呟いてしまった。

　少し緊張したせいか、のどがヒリヒリするくらいに渇いていた。

〈さあ、寝ましょう。どっちにしても、こんな夜になって、もう何をしてもしょうがない

わ〉

と思った。

あの若い新婚さんも、中年の夫婦も……それぞれベッドインしているだろう。場合によると、この瞬間に事件が起きることも予想できた。

新婦が多出血で、新郎が困った末、その処置を頼みに来たこともある。これは梨香には二度の経験だ。

そんなときは、淡々とT字帯などを渡してやるのだが、たいていあわてているのは新郎のほうだった。

〈今夜は何もなく、ゆっくり眠らせてほしいわ〉

と思った。

〈胡さんの件だけで、いつもよりよけい、疲れたみたい……〉

毛布を半身にかけ、溜息《ためいき》をついて、ライトを消した。

〈それにしても、小早川さん、どこへいらっしゃったのかしら……〉

あの愛し合う夫婦が、いかに特命とはいえ、夫が妻に場所も言わずに出かけるとは……。

〈まあ、いいわ。眠ることが第一〉

梨香がそう思って、腕時計のライトを点けてみると、現地時間の午前一時四〇分になっていた——。台北に着いたとき、台湾時間に直しておいた。

9

梨香はひどく眠くなった。そして、このまま、安らかな夢路を辿《たど》れるかと思ったときであった。

突然、ダーンという物凄《ものすご》い爆発音のようなものに見舞われた。目をつぶっていたのに、パッと閃光《せんこう》がひらめいたかに感じられたのである。

〈あっ〉

と、驚き、目をあけたが、あたりは真の闇だった。

その闇の中、梨香の躰はベッドの上をころがった。

〈起きなければ……〉

と、思ったが、巨大なうねりの如《ごと》き揺れで、どうにもならない。

建物がギシギシと悲鳴をあげ、今にもつぶれそうだ。そして、目の前の暗い空間を、書物のようなもの、皿や瓶などが飛んでいる感じだった。

このときになって、ベッドの角につかまりながら、

〈凄い……。これは爆発なんかじゃなくて、ものすごく大きな地震だわ〉

と、思った。

爆発音みたいなのは、反乱軍の砲撃のような気がしたが、地震の最初の一撃だったわけである。一瞬、閃光かと見間違ってしまったのは、衝撃で、電灯のスイッチがはいったためだとわかった。が、むろん、今は真の闇である。

ちょっと揺れが鎮《しず》まったところで、梨香は手さぐりでベッドの片隅のリュックを引きよせた。

〈あった。これさえあれば……〉

と、思った。

さいわい、彼女の態勢は、いつでも戸外へ出られる用意がしてあった。コンダクターの心構えがさいわいしたのである。が、そのかわり、

〈お客さんの無事を確かめないと……〉

と、咄嗟《とっさ》に思った。

リュックを背負う前に、その中の懐中電灯をさぐって取り出した。

点灯した。が、室内は滅茶滅茶、足の踏み場もない。

窓ガラスは割れている。しかし、さいわいにも、部屋はつぶれていない。

〈外へ出よう〉

と、何かの……多分、テーブルの横倒しになったところへ足をおろした途端、ガラガラ

ッと大きな余震が続いた。

〈痛い！〉

何かが空中をとんできて、梨香の顔を打った。

ここは二階である。客は三階より上の部屋だ。不思議なくらい周囲は静かである。

やっと、ドアのところへ行った。なんの上を歩いたのか、夢中なのでわからなかった。

ひっきりなしの余震が襲ってくる。

二階の廊下に出て驚いた。三階へ続く階段がつぶれてしまい、使いものにならない。むろん、エレベーターなど、停電だから動きはしない。

すると、どこかで、台湾語が、女の声で、

「クンチンジェン……」

と、言って、すぐ消えた。

これは就寝前にという意味である。就寝前に地震が来た、とでもいうのか。

気がつくと、このときになって、人々の叫びが、あちこちで聞こえた。

「イシュン（医者は？）」

「ジンイアンデョン（とてもひどい）」

「キョウキューホチャー（救急車を呼んでください）」

悲鳴のような声が交錯した。

〈大変なことになったわ〉

と、梨香は思った。

彼女は、身支度《じたく》をして、眠りにつこうとしていたが、ツアー客は、油断して、オールヌードだった者も少なくないかもしれない。

よくはわからないが、この西山大飯店別館は三階部分あたりが、地震の衝撃でつぶれたらしい。

〈三階には、胡さんと黄さんの二人の部屋もあるはずだわ……〉

必然的に、梨香は、胡の言葉を思い出した。

「万一のことがあったら……」

まさか、胡がこの大地震を予言できるわけはない。偶然だろうが、それにしても恐ろしいことが起きたのだ。

梨香は、一階のフロントロビー前におりて行った。

そこも凄《すさ》まじい光景であった。長椅子やスタンドはむろんのこと、壁面の置物などはすべて、ふっ飛んでいる。倒れるなどという甘いものではなかった。

〈よく一階からつぶれなかった……〉

と、思ったが、これからの余震で崩れてくるのかもしれない。

梨香は自分が、ツアー客のために何ができるか考えた。

〈まず安否《あんぴ》を……〉

と、考えた。

しかし、今、大飯店の中へ戻ることは危険だった。

腕時計をしたまま眠っていたので、時間はわかった。午前一時五五分である。

そこへ、子供を抱いた女が走り寄って来た。

「チャーリギョーイーシェンチェ（医者を呼んでください）」

と、泣きながら言っている。

梨香には言うべき声も出なかった。

一人のホテル従業員がこれを聞いて、女の腕をつかみ、どこかへ連れていった。

梨香は、庭へ避難した。

「あっ」

思わず、心臓がとび出すはどのショックを受けた。

闇の中で、見えるはずの人工湖、八卦湖の湖面がないのだ。夜目にわずかに光っているのは濡れた泥ばかりだった。

大地震のために、人工湖の底がぬけてしまったのである——。

10

この日の大地震について、台湾内政部救急センターの発表によると、朝までにわかったのは、

『二十一日午前一時四五分、M《マグニチユード》7・6の強い地震が起き、各地で建物が倒壊、六五七人が死亡、二九二五人が負傷し、一二四五人が行方不明となっている。被害はさらに拡大する見込み』

とのことであった。

とにかく、朝までにM6・8を最高にして、五〇〇〇回を超える余震が続いた。これはまったく、休む間のない揺れだった。

梨香は、ツアー客の安否を確かめるために西山大飯店別館の庭先に陣取り、一人一人の客総計一〇名の人員をチェックすることにした。

ホテルそのものは、三階部分がつぶれ、全体の五階（一部六階）の形状はそのまま、残っていた。

ホテル側に防災の用意はなかったものの、建物が新しいので、非常口と非常階段は充分に役立った。

一番最初にホテルから出て、梨香のところへ来たのは、新婚の木村夫妻だった。

「ひゃー、ひどいものですね。生まれて初めてですよ、こんなに大きな地震は……」

と、彼はパンツの上から、Tシャツを着ただけの恰好で、新妻を抱えていた。彼女は薄いネグリジェ一枚だったが、寒くないのが救いであった。

「よかったわね。無事でよかった」

と、梨香は、思わずなん度も言ってしまった。

続いて来たのは、中年の後藤夫妻だった。後藤の部屋の隣りは、老年の夫婦だった。後藤は、オロオロしているこの老夫婦を誘い出し、四人で庭へ出たのである。

後藤は、自分の足を指さした。

「ご覧なさい。われわれ四人は、ちゃんと靴を捜して、はいているんですよ。これはね、私の友人で、阪神淡路の大震災にあった男が、『足のケガに気をつけるのが、避難のコツ』と教えてくれたんですよ」

と、自慢げだった。

梨香は嬉《うれ》しくなった。

「みなさん、ご協力ありがとうございます」

そうしているところへ、日本名鈴村章一の黄秀可がやっとの思いで、三階から出てきたのである。

「鈴村さん。胡さんを知りませんか?」

と訊いた。

「いや……三階はひどくて、なかなかわからないで困りました。でも、覗《のぞ》いてみたら、人の姿はないんです。逃げ出せたと思いますけど……」

「そうですか」

と、梨香が言ったとき、二〇〇メートルほど離れている建物から急に火が出た。

理由は不明だが、底がぬけて、周囲の人々が大騒ぎしている八卦湖が干あがっていては、水道は使えないだろうし、消火に困るだろうと、梨香は思った。

すると、カメラを手にした佐倉が、彼女に手をあげながら走ってゆく。

「夏木さん。ちょっと、向こうの火事を撮って来ますよ……」

という。

「危ないことはやめてください」

梨香は思わずそう言ったが、佐倉は走り去った。

「あいつ。しょうのない男だ」

不意に声がした。

振り向くと、画家の桃山であった。

「あ。ご無事でしたの、よかったわ」

梨香は思わず言った。

「みんな助かったらしいですね」

桃山は、のんびりした口調だった。よほど肝《きも》っ玉の太い男らしい。

「だといいんですが……胡さんというひとの姿が見えないんです」

「へえ……。そうですか。こっちの人なら大丈夫ですよ。ま、よかったよかった……」

画家はそう言ったが、梨香は、背中のリュックの中にはいっている奇妙な手紙入りの袋のことが、ズッシリ重く感じられた。

不吉な予感が、彼女の頭に黒雲のように広がっていった――。

第二章　消えた黄金

1

この地震は、台湾で起きたものとしては、今世紀最大級のものであった。そのために、最初の二十一日いっぱいは、正確な情報は、誰にもつかめず、ただ、自分だけが生き残ればいい、というくらいの、凄《すさ》まじいものであった。

震源地は、台北の南西約一四五キロのところにある南投《ナントウ》県の景勝地、日月潭《ズーユエタン》付近であると当初は発表された。

しかし、同時に、台湾各地の震度は、次のように発表されている。

震度6　台中

震度5　南投、日月潭、嘉義《ジアイー》、台南《タイナン》、新竹《シンヂユー》

震度4　台北、高雄《カオシヨン》

これをみると、かなり滅茶滅茶な発表になっていることがわかる。要するに、あとでわかったことだが、台湾でこのとき動いた巨大断層というのは、×印で示されるような一カ所などではなく、線または面的な巨大なものだったわけである。これこそ、プレートと呼ばれるものの、一角が、ぐっと動いた結果といえる。

けれども、これらは二十三日以降、徐々に明らかになったので、二十一日、二十二日の二日間は、すべてがカオス状態であって、死者、行方不明者の数は、四五〇人から始まり、新聞発表では、六五七人……そして、二十二日現在、台湾行政院は、死者不明者の合計数を五〇〇〇人を超えるとする有様であった。

ともかく、震災早朝に、西山大飯店別館の庭で、梨香にできたことは、ただ単に、自分の客である一〇名の無事の確認だった。

三組の夫婦者は、お互いに助け合って、崩壊したホテルの中から出て来た。たまたま、ホテルが新築だったので、ここの人的被害が少なくてすみ、梨香にとってさいわいしたのである。

佐倉カメラマンは、カメラを持って、こんなときこそ、という勢いをみせて、シャッターをおしつづけた。こういうカメラを持っている人間は、プロアマの別なく、意外に冷静に撮影をつづけるものだ。阪神淡路大震災のときも、アマチュアカメラマンのビデオ撮影がおこなわれたのは、すでに衆知のところである。

画家の桃山も、小型のビデオカメラで、炎上する建物や、倒壊しつつ、余震で動いているビルを撮っていた。

問題の人物は、胡上恵と鈴村章一と名乗る黄秀可だった。黄のほうは、地震の直後に、梨香のところに現われ、彼女に、

「三階には人の姿はない」

と証言してくれた。

胡と黄の二人は、三階の部屋にいた。そして、三階がひどく破壊されたのである。

「どこかへ逃げてくれたのならいいんですけど……」

と、梨香は呟《つぶや》いたが、黄の口からは、それ以上の話はきけなかった。

彼女としては、ツアー客を頼りにすることはできないので、九人の客は、いちおう、近くにあって、奇跡的に小被害ですんだ霧社《ウーシエー》寺分院というところにしばらくいてもらうことにした。この寺は、いち早く、炊《た》き出しから、医薬品の無料サービスまでしていたのである。

梨香は、胡の安否をハッキリさせたかった。むろん、預かっている手紙の件もあるが、ツアー客を一名でも、行方不明にしたまま、現地を離れるのはしのびなかった。

そこで、西山大飯店別館側のマネージャー李《り》という人物に頼んで、つぶれた三階部分を、探索してもらった。

なんといっても、余震は、4という大きいものが、なん度も押し寄せてくるので、建物

は少しずつ変形しているから、うっかりできない。狭い入口をはいって行けても、いざ出る段階で、そこが塞《ふさ》がる危険もあった。

李マネージャーは親日家で、梨香には特に親切にしてくれた。探索は、李自身の三回を加え、警察関係者など五回にも及んだが、

「いませんね。隅々まで声をかけても、返事がない。これ以上はムリです」

と、李はスムーズな日本語で梨香に教えてくれた。

〈返事がない〉と〈いない〉の二つは、同じではないと梨香は思ったが、マネージャーの断言を、くつがえすことはできなかった。

2

悲惨な周囲の状況は、時々刻々と、梨香の許《もと》へはいってきた。犠牲者の遺体は、あちこちの広場に、ゴロゴロと並べて安置され始めた。

当面は、死体にかかわっておられず、人々は、怪我《けが》人の手当てと、ビルや家屋の下敷きになった者の救出が中心だった。

梨香の場合は、九名のツアー客が、霧社寺分院に収容され、思いがけない好遇を受けた。

さいわい怪我した者もないので、若い木村夫妻は、寺に収容されてくる村人や、怪我人の手当てを手伝ったりする余裕もあったことは確かである。

そのうちに、フッと梨香が気づいたときには、胡上恵に続いて、黄秀可の姿も消えてしまっていた。

「どなたか、鈴村章一さん……とおっしゃる人、どこへ行かれたのか、ご存知ありませんか？」

と、梨香は訊いて廻った。

ところがみんな一様に、

「朝の炊き出しは食べていたんだけど、さっき、下の方へおりていった」

「なんだか、落ち着かなかった」

と言った。

画家の桃山は、

「あのひとは、こっちの人間でしょう……胡さんのことを心配していたから、どこかへ捜しに行ったんじゃないの？」

と、口を尖《とが》らすようにして言った。

この発言がかなり説得力があったが、実際のところは、なんともハッキリしないのである。

〈二人も勝手に離れるなんて……困ったことしてくれるわ〉

梨香は思ったものの、大混乱の中で、この土地に縁のある者が、〈勝手知ったる道〉とばかりに、集団から離れるのは、許せなかった。

こんな中で、ひとつだけ、梨香に心強い状況が出現した。

この霧社寺というのは、歴史は古いのだが、和尚《おしょう》が現代的なセンスを持っていたため、分院には、電話、テレビ、無線など、地元文化を支える施設を整備していた。中でも電話は午前九時の大きな余震でストップしてしまったものの、梨香はその五分前に、和尚の好意にすがって、

「ツアー客の無事のために利用させてほしい」

という願いが通じ、東京と喋《しゃべ》らせてもらえたのだった。

梨香は、東京の香奈に電話をすることができた。

梨香の声を聞くと、香奈はすぐに、

「どうだったの、……その声は大丈夫みたいね？」

と念を押してきた。

「私は大丈夫よ」

「お客さまは？」

「一人だけ胡さんという人が行方不明になっているけど、あとの八人は今のところなんと

か……」

と、梨香は言った。

「電話は通じているの？」

「ホテルなどは、ダメになっているわ。これもいつまで通じているか、わからないけど、ホテルから少し離れた山の上の霧社寺分院というお寺さんの電話よ」

「そうなの。私のところにはいっている日本の旅行社の情報は、一五社で二二六九人なんだけど、日本人に怪我人なし、よ」

「ベル旅行社《トラベル》も入れて？」

「それは別……」

「これからどうしたらいいと思う？」

と、梨香はさすがに心細くなって、姉に甘えるように訊いた。

「きまっているじゃない。巨大地震が起きたのよ。早々に引き揚《あ》げるしかないわ。私のつかんだ情報では、台北の空港は無事で、閉鎖されていないのよ。だから……」

そこまで香奈が喋ったところで、突然、電話が不通になった。受話器の奥でザーザーという音が始まった。

すると、この後で、ドーンというなん回目かの余震の揺れが伝わってきた。かなり遠くで、余震があったのだろう。

梨香は、ハッとした。

〈主震のとき助かったと安心していると、いつなん時、被害を蒙《こうむ》るかしれないわ。お姉さまの言うように、ここはとにかく空港へ行って、みなさんを帰国させるしかないわ〉

こう気がついた。

空港へ行くということは、西山大飯店本店に近づける。そうしたら、陳楊白に会える可能性はとても高くなる。

〈預かった手紙袋を、置いて行かないと……〉

梨香は自分に言いきかせるようにした。

3

このときの余震は、梨香が台北の空港行きを決意するころまでに、M《マグニチュード》6・8を最高に五〇〇回を超えた。

「もう一日様子を見てから、明日の朝、早くに出発なさるといい……」

そういう意味のことを、和尚は、たどたどしいが、昔、習った日本語を思い出しつつ、梨香に言った。

梨香は、その親切が身にしみて嬉しかった。消息不明になった、胡、黄の二人についても、「何かわかったらお知らせ願います」と、和尚に頼み、翌朝早く、にぎり飯の二食分と缶の水を用意してもらい、一行九名が一団となって、台北の空港を目指した。

空港が使用可能なのは、香奈の言葉でわかっているだけに、心強かった。

電線が蜘蛛《くも》のアシみたいに交叉する中を、先頭に立って、佐倉、桃山の二人が進んでくれた。

驚いたことに、出発して間もなく、巨大な断層があちこちにあって、そのため道路はズタズタ……そして、崖《がけ》も崩れているので、そこを迂回《うかい》しなくてはならず、スムーズな前進は不可能だった。

その中で、佐倉と桃山が元気にリーダーを務めてくれたのは、女の梨香にとってありがたかった。

「空港は大丈夫なんですね」

と、佐倉は念を押した。

「それは確認してありますけど」

梨香は応《こた》えた。

「台湾には、たくさんの日本人が住んでいるから、きっとどこかで車を借りられますよ。いくらなんでも、台北まで歩いてはいけない。多分、地獄で仏《ほとけ》ということがあるでしょう」

桃山は、案外、楽天的な発言を繰り返したが、彼の言葉にどのくらい励《はげ》まされたかしれない。

しばらくすると、名前もわからない街へ来た。そこには中小の工場があり、そのうちのひとつが、黒煙をあげて、燃えていた。

可燃物の生産工場とみえ、ゴムのような異臭が黒煙の方から漂《ただよ》ってくる。

「仕方がない。迂回しましょう」

と、佐倉が言い、一行九名は、この街を離れて、小さな道を辿った。

このあたりに来ると、被災者が路上で、テントを張ったりして、群れている。

一行は、そのそばでひと休みし、昼食用のにぎり飯を食べた。

男たちが、寺でもらった毛布を一枚ずつもっているので、それに坐り、休息していると、一見、ピクニックふうである。黒煙は風の具合で、ここまでは異臭を漂わせてこない。

「さあ、いきましょう。とにかく、日本人に会いたい。このままでは寝るところもないし……」

佐倉は梨香にそう言った。

「そうですね。どこかの町で今夜は寝て、明日、車を頼んでひと息に台北へ着きたいわ」

と、梨香は言った。

多少、救いがあるのは、まだ、一行全員が、

「われわれは、日本に戻りさえすれば平気なんだ。台湾の人こそ、この大災害に、これからどうするんだろう」

と、他人事《ひとごと》のように喋り合っていることだった。

もっとも、それは、これから台北まで、余震の激しさに耐えつつ、どこまで確実に戻れるか、考えると気が遠くなりそうなのを、お互いに誤魔化《ごまか》し合っていたのかもしれなかった。

西山大飯店別館から、しばらくゆくと、震源地を離れ、被害が少なくなった。

〈やれやれ……これなら……〉

と、思ったのも束《つか》の間、再び、被災者の多い土地に遭遇した。

4

長い車の列をさけ、横道にはいったあたりの村は、人が死に絶えたようなゴーストタウンであった。

「まずいな、夏木さん。こんなところで夜になったら、どうにもなりませんよ。できるだけ急いで、少しでも台北に近づきたいですねえ……」

と、佐倉の顔にもさすがに焦りが出て来た。

「車が欲しいわ。さっきの大通りをみると、多くの車は、震源地の方に向かっているみたい。車さえあれば台北に行くのは、ムリじゃないわ」

と、梨香は言った。

「頑張りましょう」

と、桃山も言った。

「それじゃ、全員で……上を向いて歩こう……あの歌を歌ったらどうかしら……」

梨香は提案した。

「いいですねえ」

と、すぐ賛成したのは、後藤という再婚組の夫婦だった。

彼らは大声で、リーダー役を買ってくれた。しかし、じきに歌はやめた。

「上を向いて歩こう」はいい歌詞なのだが、「涙がこぼれないように……」と続くと、どっちかというと今のムードにはピッタリとしない。あまりに現実が厳しいとわかったからである。

「じゃ、ほかの歌に……」

と言う者もあったが、やはり、声をあげて歌うのは、疲れることに気がついた。

もう出発してから、ハッキリしないが、数十キロは歩き続けているのである。

次の町のはずれに着いたとき、梨香はそこで、

〈あっ〉

と思った。

日章旗が一本、木造二階建ての家に出ているのだ。異国で、日の丸を見ると、日本人ならたいてい感動する。まして、今は非常時だ。梨香は、目ざとく見つけて、

「佐倉さん、あそこ……」

と、声をあげた。

佐倉とその他の者も、日の丸に気がついた。なんとなく家は静まりかえっていた。正面には、〈豊原組《とよはらぐみ》駐在所〉という文字が読めた。日本では準大手のゼネコン、豊原組の台湾駐在所だったのである。

「おお、あそこには、ちょうど、九人のれる大型のＲＶ車もあるぞ」

と、佐倉は声をあげた。

みんなの顔に喜びの光が浮かんだ。

しかし、玄関への「ごめんください」の声には、返事がなかった。一行はバラバラと庭先のＲＶ車の駐《と》まっている方へ走った。

すると、小学生くらいの女の子がそこにいた。その子は泣いていた。

「ママが……ママが……」

と言っている。

「どうしたの？……ママはどこにいるの？」

梨香はびっくりして訊いた。

女の子の指さすところを見ると、母屋《おもや》はつぶれてはいなかったものの、余震で倒壊したのか、物置部分が、半分ぺしゃんこになっている。どうやら、女の子の母親は、そこへ何かを取りにはいり、急に襲った大型余震に物置がつぶれ、出られなくなってしまったようだ。

佐倉と桃山の二人がすぐにそこへ走り寄って、

「奥さん、奥さん。大丈夫ですか？」

と、訊くと、案外、しっかりした声で、

「ここです。この戸が曲がってしまって、外へ出られません」

と、美しい日本語が返ってきた。

「よし、こわしますよ。じっとしていてください」

佐倉は、物置の前にあったバールのようなもので、力まかせに、板戸をこわしにかかった。

桃山も、木村も、後藤も……年寄りの一人を除いて、四人の男の協力で、じきに、豊原組駐在員の妻、水谷《みずたに》京子《きようこ》は助け出された。

さいわい、かすり傷だけで、京子は無事に助かった。しかし、もし、救出が遅れ、千回をいよいよ超そうとする余震に見舞われたとしたら、とても無事では済まなかったと思われる。

「ありがとうございます。本当に助かりました。みなさんが来てくださらなければ、この子が人を呼びに遠くに行き、どうなるかわからないと思って、離れないように、話しかけていたんです」

と、京子は言った。

事情を聞くと、この〈豊原組駐在所〉には都合六人がいて、約二〇キロ先のトンネル工事に参加しているのであった。しかし、この大震災で一名が、トンネル内に閉《と》じこめられたので、その救出に全員が行っているとのことであった。

そこで梨香は、

「奥さま。まことに申しわけありませんが、庭先にあるお車、拝借できませんか？　私ども、遅くとも明日までに、台北空港に着いて、帰国したいのですけど……」

と、交渉した。

思えばタイミングがよかったのである。水谷夫人も、生命《いのち》を助けられた恩義もあるので、こう言った。

「どうぞお使いください。途中の道路は保証できませんが……。空港のそばにも、〈豊原組台北事務所〉がありますから、車はそこへお返しくだされば結構《けっこう》です」

このときくらい、梨香が嬉しかったことはない。

彼女は〈ベル旅行社《トラベル》〉の名刺をおいて、そのRV車を借りた。

運転は、

「私がやります」

と、一番若い木村が名乗り出てくれたので、梨香は彼にまかせた。

5

台北空港に戻るためのアシとして、〈豊原組〉のRV車を借りられたので、梨香はひと安心した。

しかし、それからの旅程も、決して生半可《なまはんか》の苦労ではなかった。

車の調子は良好だったものの、なにしろ道路が混雑している。

梨香はいちおう、台北、台中間のメイン道路地図を持っていたが、車の混雑までは予想もつかない。

まして、道路は寸断されていた。段差のついたところに、一般市民が板や丸太を置いてくれてあるので、それを渡ってゆく。

こうした運転は、非常に時間がかかるのである。

日が暮れるまでに、竹南《チクナン》という地名を発見するところまで来た。

梨香が、地図上で調べると、台北まで、直線距離にして、約八〇キロくらいだ。うねっているメイン道路でも、距離だけなら一〇〇キロとはない。ゆっくり進んでも順調なら、二時間で着けるはずだ。

木村は、

「夏木さん、このまま、行ってみましょうか？」

と、梨香の顔を覗《のぞ》いた。

彼女はフロントガラスの向こうの、闇を見た。このあたりも停電していた。そして路上には、被災者の姿がゴロゴロ見えるのだった。

「やめて。危険だわ。もし、お子さんでも怪我させたら、大変よ。とにかく、明日までに台北へ着くという目標は、実現しそうだから、ここで車を駐め、残りは明日にしましょう」

梨香は、コンダクターという自分の立場を、ハッキリ自覚した。

こんなことは、初めての経験だが、ここは地元民と一緒になって、災害に立ち向かいつつ、空港を目指す態度が必要だと思った。慌《あわ》てて、台湾から逃げ出す、という恰好《かっこう》は一番まずいのだ。

「それでは、脇道へ駐めて、男は、木村さん一人、運転席にいてもらい、みんな下車して、地上仮眠するのがいいね」

と、佐倉は言った。

「女性は？」

と、木村が訊いた。

「むろん、夏木さんを含めて、四人は車内で寝るんです。万一の危険防止です」

これを聞いた梨香は、三組のカップルのうち、最長老の長谷川《はせがわ》という老人夫婦は、そのまま、車内に残すことにした。

こうして、この夜は、後藤、佐倉、桃山の三人が車の外で、休んだ。一人が三時間ずつの不寝番《ふしんばん》を買って出たので、三人で約九時間、きちんと、防災、防犯の役を果たすことができた。後で考えても、この一行九人の行動は、運のよさもあるが、この災害の中で、一《いっ》糸《し》乱れないところを示したわけである。

この夜も、まだ震度4程度の余震はあった。疲れていたが、職務の責任もあって、梨香はその都度《つど》、目が醒《さ》めた。

わずかながら、台風の影響で雨も降ってきた。車外の男は、三人とも、車の下へもぐりこんでそれを避けるという苦労をしたが、周囲の人々のことを考えると、あまり文句も言えない状況だった。

朝になると、台風が遠ざかったせいか、次第に雲がはれ、雨はやんだ。

午前六時すぎ、一同は、残りの食糧を、ほとんど食べ尽くし、水を飲み、いよいよ、台北へ向けて最後の走行を開始した。

6

空港に到着する寸前、梨香は車内から、非常にうまいロケーションを確認した。

第一に、西山大飯店本店の位置である。これはむろん、梨香は、日本を発《た》つとき、それから機が空港についてからの二度、このホテルをチェックしていた。

〈ここまで来た以上、陳楊白さんに会うことにしよう。会って、胡さんに託された手紙を渡してしまったほうがいいわ〉

そう思ったのである。

第二に、〈豊原組〉の台北事務所へ、借りた車を返さなくてはならない。そこで、途中、交通渋滞になったとき、たまたま、車のそばに来た台湾の現地警官に訊いたのである。うまい具合に、彼は、台北空港周辺を管轄する巡査であって、〈豊原組〉を知っていた。

台北事務所は、空港から一キロほど手前にあるという便利さだった。

そこで梨香は、まず最初に、西山大飯店に車を着けた。

西山大飯店本店は、一部損壊という状態だったが、ちゃんと営業しているとわかり、梨香はホッとした。

彼女は、一同に、車内でこう言った。

「みなさん、お疲れさまでした。間もなく空港に着きます。いつ出発できるかわかりませんが、その前に、私は、あの西山大飯店別館でのことについて、事務的な連絡事項を片付けなくてはなりません。ちょっと、本店のほうに立ち寄りますので、若干《じゃっかん》、お時間をちょうだいいたします。うまくすると、航空機の状況等について、ホテルのほうでわかるかもしれません……」

この説明は、なかなか要領をえていたので佐倉をはじめとして、うるさ型の男性ツアー客も納得してくれた。

西山大飯店の駐車場内は、いっぱいの車だったが、そこへうまくはいりこめた。

梨香は、

「少々、お待ちください」

と、みんなに言い残し、ホテル内にはいった。

「こちらにいらっしゃる……陳楊白さんにお会いしたいのですが」

と、梨香はフロントで訊いた。

言うまでもなく、このホテルでは、日本語は一般的に通じる。

「お約束、ありますか？」

と、フロントマンが訊いた。

「ありませんが、お預かりしたお手紙をお渡ししたいのですが……」

と、梨香。

「お待ちください」

と、しばらく待たされ、じきにそのフロントマンは現われた。

「あと、三〇分くらいしたら戻ります。今、空港のほうへ行ってますから……」

「わかりました」

梨香は、ロビーの一角の椅子《いす》に坐った。そして、リュックサックの中から、小さな包みをとり出してみた。

〈何が書いてあるのかしら？……読んでみたいわ〉

と、そんな欲求に責《せ》められた。

あの胡上恵という彫刻家は、どこへ姿を消したのか？　彼の身の上に何が起きたのか？　この手紙もいったい何か？　胡と陳の二人はどういう関係だろう……。

考えれば、疑問が湧《わ》くばかりであった。しかし、包みの中は、手紙だけなのか、それとも麻薬のようなクスリもはいっているのか、まったく予想もつかなかった。

しばらく、フロントのほうからなんの連絡もなかった。

〈困ったわ、空港へ行くのが遅くなってしまう……〉

早くいけば、今日の日本行臨時便にのれるかもしれないのだ。

苛立《いらだ》った気持ちになったとき、

「夏木さま、夏木さまはいらっしゃいますか？」

と、あのフロントマンが捜しに来た。

「はい」

と、声をあげる梨香の目の前に、でっぷり肥《こ》えたマネージャーふうの蝶タイの男が近づいてきた。

「陳です」

と、男は、じっと梨香を、見据えながら言った。

「あ、私、ベル旅行社《トラベル》の夏木と言います。こちらへツアーでまいりましたが、その中に胡上恵さんとおっしゃる人がいらっしゃいまして、このお手紙を渡してくれとおっしゃいましたので、持参させていただきました」

と、言って、梨香は、問題のお守り袋のような小包を取り出した。

「胡はどうしました？」

陳の日本語はたいしたものだった。

「地震の最中に、どこかへ姿を消してしまいました」

と、彼女は言った。

「そうですか……胡のほかにも誰か、消えませんでしたか?」

陳は鋭く言った。

「いいえ。地震のときには一人も……」

「一人も、ですか」

「はい」

陳は考えていた。

「あの……」と梨香はさらに言った。「もし胡さんとご連絡がつきましたら、ベル旅行社《トラベル》へご一報くださいますか?」

「わかりました。ところで夏木さんは、今日の便で、東京へ引き揚げるつもりですか?」

「そう思っております」

すると、陳は大きく頷《うなず》いた。

「あなた方は、うちのお客さまですから、お世話いたしましょう。搭乗の手続きはまだですね?」

「はい」

「お手伝いしましょう。みなさんはどちらに?」

「〈豊原組〉のRV車を借りて、ここまで来ました。そこの事務所に戻すだけでいいと言っていただきまして……」

「よろしい。すべて私がいたします。夏木さん、では一緒に来てください」

梨香は、夢を見るような気持ちだった。いったいこの陳楊白とは何者で、なぜ、こんなに彼女に親切なのか。

そして、いろいろ手続きなど進めてくれたうえ、最後に言った陳の言葉は、いっそう、梨香を大きな謎の霧の中へ引き込んでしまったのである。

「……夏木さん、さっきの胡からのこと、あのすべてを、今後、いっさい、忘れてください。よろしいですね」

7

台湾で大震災のあった日。

小早川警視正と若い部下、影宗《かげむね》巡査部長の二人は、久米島でひとつの証言を入手した。それに基《もと》づいて、さらにその翌日の二十二日に至り、小早川たちは、沖縄本島に、U《ユー》ターンしていた。というのは、久米島において、彼らが捜していたある荷物というものが、どうしても発見できなかったのである。

「影宗君。これは一足違いで、なん人かの者が、ここから別の場所へ、荷物を運び出してしまったからだ。どうしても、その運び先を突きとめたい」

と、小早川は言った。

久米島の夜が明けようとしていたころのことである。

台風の影響で、波は高かったが、次第に空ははれ、台風一過とまではいかないものの、明るくなってきていた。

「どうしたらいいでしょうか？」

と、影宗が指示を求めた。

小早川は、断乎《だんこ》として言った。

「手分けしよう、まだ、この久米島内に、問題の荷物運搬に関与した人物が残っているかもしれない。私は反時計廻《まわ》りの方向でチェックする。君は、時計廻りで、西のサンビーチ方面を当たってくれ」

と、小早川は言った。

こうして、小早川自身は、スハラ城跡からイーフビーチ、そして、街道の続く真泊《まどまり》港の方へ急いだ。

しかし、この探索コースを進むうちに、小早川は、村人たちが、海の彼方《かなた》を見廻しつつ、何事か話をしているのに気がついた。

そこで、

「何かありましたか？」

と訊いてみると、

「いや、昨夜、台湾で大地震があったんですよ。凄《すご》い被害だそうです。ここには津波はこないそうですが、地震のあったことに気がつきませんでしたか？」

と、逆に問い返された。

小早川は、ハッと思い当たった。言われてみれば、そういう妙な感じはあった。が、台風の余波を受けて、風、波が大地をゆるがしていたので、まさか、そんな大地震が隣国であったとは思わなかったのである。

小早川は、ニュースの内容を、村人から聞いて、地震のことを頭に叩き込むと同時に、

「このあたりから、不審な荷物を積んだ船が出港するのを見ませんでしたか」

と、質問した。

展望台から太陽石《ていだいし》、そして宇江《うえ》城跡の下の海岸まで、訊いて歩いたが、答えはすべてノーだった。収穫はなかった。

具志川《ぐしかわ》城跡そばで、釣り糸を垂《た》れていた釣人などにも、同じことを訊いたが、「知らない」とのことだった。

しかし、昼近くになって、事態は急展開した。

具志川村のバス停のところで、小早川は慌てたように駆《か》けながら来る影宗にバッタリと

会った。

「おお、影宗君。どうだった？」

と、小早川は訊いた。

「あ、よかった。捜しましたよ。いったい、どこにいらっしゃったのですか？　ずーっと、このコースを、いったん、太陽石まで捜して歩いたんです」

と、影宗は不審そうに言った。

「すまないことをしたね。実は、崖下《がけした》の釣人に訊いて歩いていたから……。釣人というのは、朝早くから、夜遅くまでいるし、だいたい、毎日、同じ場所に陣取っている。怪しい船がいれば気がつくはずなんで……」

小早川は弁解した。

「それでわかりました」

「で、何か、そっちはつかんだ？」

「ええ。島の人が顔を知らない人物というのを見つけたので、会って見たんです。そうしたら……」

「どうだった？」

「『警察か？』と訊くんです。もう嘘を言っている段階ではないと思って、『そうだ』と答えると、逃げ出したものですから、追いかけました」

「うん」

「思ったより足の速《はや》い奴で、やっとの思いで大原《おおはら》貝塚先の断崖のところに追いつめました」

「じゃ、確保したんだね？」

「ええ。もう大丈夫だと思って、『どうして逃げる？』と聞いたら、『誰にも言うな』と口止め料をもらったから、と言いましてね」

　影宗は、自慢げに言った。

「荷物を運んだのか？」

「荷積みを手伝ったと言います。ひどく重い荷物を」

「どこへ運んだ？」

「よくわかりませんが、摩文仁《まぶに》の丘の名を口走りました」

「本当か。じゃ、沖縄本島に戻らなければならないぞ」

「ですが、そう喋った男は、その後、海へ飛び込んで、一着《いっちゃく》島の方向へ泳いで行きました。私は、小舟を借りて、あくまでも捜しましたが、とうとう見失ったので、ひとまず、ご報告をしなければと……」

「よし、わかった」

　と、小早川は答えた。

こうした経緯で、このあと、二人はサンビーチまで戻ったが、この結果、小早川らが見たのは、溺死して、岸近くに漂い、海水浴客に引きあげられた一人の男だった。

「あの男に間違いありません」

と、影宗が言うので、小早川は地元の警察と共同で検死に立ち会った。

外傷などはなく、単純な溺死だとわかった。いかに水泳の自信があっても、不意に着衣のまま飛び込み、追っ手の追跡を逃《のが》れようとしたのでは、こうした結果も無理はなかっただろう。

この男の氏名は、岡島二郎《おかじまじろう》。久米島新国際ホテルに、一人で泊まっていた人物だというが、それ以上の身許は不明だった。

8

「ここは、現地にまかせて、とにかく、摩文仁の丘へ行ってみよう。あるいは、連中は、いったん、久米島へ荷物を運んだものの、何かの必要があって、急に沖縄本島に戻したのかな」

小早川はこう推理した。

こうして、二十二日になると、二人は日本トランスオーシャン航空を使って、那覇に舞い戻って来たのだった。

那覇空港に着いたとき、影宗は、小早川に向かって、

「……しかし、摩文仁の丘というだけのヒントでは、どこを捜したらいいのか、さっぱりわかりませんが……」

と、不服そうに言った。

小早川は、ちょっと肩をすくめて、

「それはそうだね。しかし、とにかく、その現場へ行くのが大切なんだよ。手がかりというのは、現場に必ずあるものだ」

と、ハッキリ言った。

あとで考えると、この小早川の言葉はまったく正しかったのである。

それでも、影宗には意味がわからず、

「ムダ足になるような気もしますが……」

と呟《つぶや》いたのである。

沖縄においても、この日は、台湾の大地震が一番の話題になっていた。テレビはむろんのこと、新聞の朝、夕刊、いずれにおいても一面トップは、〈M7・6、不明2800人超す〉とか、〈死者不明5000人に〉という文字と数字が躍《おど》っていた。

小早川は、那覇空港で一瞬、

〈梨香さんが、たしか、台湾ツアーのコンダクターとして現地に行っているはずだが……〉

と、思った。

しかし、万一、何かあれば、妻の香奈のほうに連絡があるもの、と思い直して、すぐにそれは忘れてしまった……。

9

摩文仁の丘は、沖縄戦でもっとも激しい戦いのあった場所として知られている。ここには第32軍の兵士と、司令官牛島《うしじま》中将の慰霊塔がある。このほかに、青森《あおもり》から鹿児島《かごしま》までの各県ごとの鎮魂の塔が、ずらっと、重々しく並んでいる。

〈こうしたところに、新地銀行にかかわる謎の荷物が運ばれたのだろうか？〉

と、小早川は思った。

よく考えると、ここは観光地といっても、悲しい物語を秘めた慰霊の地である。観光客は来ても、お詣《まい》りして、そのまま、バスですーっと帰ってしまう。

〈……あるいは、かえって、こうしたところへ、夜間、荷物を運び、洞窟の中へ入れておけば、気がつかれないかも……〉

と、小早川は思った。

思いは同じなのか、影宗も。

「ここは、黎明《れいめい》の塔の下に、たくさんの洞窟があるようですね。悪戯《いたずら》好きな米軍の関係者も、さすがに、ここばかりは、日本人の感情を考えて、滅多《めった》に立ち寄らないと聞きましたが……」

と、小早川に話しかけた。

「それは知っているよ、しかし……」

と、小早川は、半信半疑であった。

仮に久米島まで持っていった新地銀行の隠し資産……たとえば金塊とか、宝石類とかに替えてあったにしても、このような洞窟内に放置することは、危険ではないのか……。

小早川は、頭を振った。

「少し、崖の下へおりてみましょうか……」

影宗は積極的に動く。

この男は、巡査部長昇進試験にも、トップの成績を残している。頭の回転はいい。

警察庁でも注目されており、小早川の上司から、

「小早川さんのところで、鍛《きた》えてやれば、凄く頼り甲斐《がい》のある人間になりますよ」

と、言われて配属されたのである。

彼は、小早川より先に、二、三の洞窟内を覗きまわった。しかし、いずれも、山腹の中央に近く、とても、普通では立ち入れそうになかった。

「影宗君。やめよう。もう少し全体的な体制を固めて、チェックする必要がある。さもないと、久米島と違って、こんなに大きな島の、すべての洞窟はムリだし……この摩文仁の丘だけでも手にあまるぞ」

と、声をかけた。

「はい、そうですね……」

さすがに、影宗はアッサリと引きさがった。

レストラン平和園《へいわえん》前の大きなパーキングエリアまで戻ったとき、その中のバス三台に目がいった小早川は、

〈あっ、あれは……〉

と、思った。

その三台のバスのフロントガラスには、〈日宝《にっぽう》自動車ご一行様〉の文字があった。

日宝自動車は、傘下《さんか》に、玉山《たまやま》産業などを持つ、新進の企業である。ここのメインバンクが新地銀行であることを、小早川は、今回の事件を機に調べて知った。

「影宗君、あそこの三台のバスは、新地銀行がメインバンクをしている日宝自動車のツアーバスだよ」

と、言った。

「そのようですね。ちょっと行ってみて来ましょう。ツアー客と資産隠しとは、ほとんど関係はないでしょうけど」

「そうだね。もし、日宝自動車の社長とか重役とか、そういう人がいるようだったら、チェックしてくれないか。私は、目立たないように管理事務所に行って、聞き込みをしているよ」

小早川は、ムダとは思ったが、ここ一週間くらいの間に、摩文仁の丘に、変わったことはないかどうか、訊くつもりであった。

「お願いします……」

どうやら、影宗も、ごく軽いつもりで、三台のバスに向かって行ったらしい。

小早川は、管理事務所に行った。こそこそした聞き込みでは、手ぬるいと思い、警察庁の警視正であるとハッキリする名刺を、所長に差し出した。よくテレビの刑事物などでは警察手帳を示すが、あれはいわゆる刑事と呼ばれる階級である。せいぜい、警部どまりのやる行為だ。

警視正ともなると、一般と同じ名刺を多用する。

「……すみません。教えていただきたいのですが……」

と、切り口上《こうじょう》で話しかけると、所長が、自分の席のところへ呼んでくれた。

ここで、〈最近、一週間くらいの〉この摩文仁の丘の出来事について教えてもらった。しかし、夏の盛りを過ぎて、観光客が減り、地元の関係者の参拝が目立つようになったというくらいの話しかなかった。

10

もうそろそろ、影宗も戻るだろうと、小早川は一杯のお茶を飲み干したところで、事務所の外へ出た。

すると、駐車場のほうから、急ぎ足で影宗が戻って来るのに出会った。

二人はピタッと寄り添って話をした。

「若干《じゃっかん》の収穫はありました」

と、影宗は言った。

「事務所のほうは、ほとんどゼロだった」

小早川はアッサリと言った。

「そうですか、向こうは、日宝自動車のメンバーではないんですよ。同じ系列ですが、日宝自動車の社長の奥さんが社長をしているという同族の、玉山産業の関係者ばかりです」

「玉山産業の……それならメインバンクは、やっぱり新地銀行じゃないか」

小早川は言った。

「そのとおりです。それでですね、私は新聞記者を装《よそお》って、そばに行きましてね。玉山産業社長の……つまり、日宝自動車社長夫人である林華麗《りんかれい》女史に会ってきました。なんと、女史は、あの1号車に乗っていたんです」

影宗は自慢げであった。

「それは凄い。だったら、もっと収穫はあっただろう？」

小早川は、びっくりして訊かないではいられなかった。

「ありましたよ」

「どんな？」

「あの三台のバスの客は、玉山産業の九州本社……これは熊本《くまもと》市にあるそうです、そこの人たちだとか……」

「なるほど」

「ご存知のように、私は熊本の出身でして、偶然、その中に、旧知の顔がおりました……」

「そう、それはよかった。何か聞けた？」

「ええ、ふたつほど……」

と、影宗は、なぜか頬《ほお》を赤くして言った。

「…………」

小早川は目で促《うなが》した。

「ひとつは……ですね、あのバス旅行は、玉山産業の顧客サービスで、熊本を出てから、沖縄島内観光、宿泊など、社長である林華麗夫人が、陣頭に立って、仕切っているということです……」

「夫人の陣頭指揮ね。そんなこと、今まではなかったわけ……」

「私の知人は、そう言っていました。会社開闢《かいびゃく》以来だとか……」

と、影宗は言った。

「なるほど。それで、ふたつ目は？」

「ふたつ目は、林社長が、おかしなことを言っているそうです」

「何を？」

小早川の目が光った。

影宗は、じっと警視正を見詰めてから、おもむろに、

「社長は、何か、大切なものを摩文仁の丘から持って帰る……そう言っていたらしいんです」

「え？　大切なものを摩文仁の丘から持って帰る？」

「私の知人は、ハッキリ聞いたし、社長が熊本を発《た》つとき、ツアー客全員に喋った言葉だ

そうです」

「うーん」

と、小早川は、半分、困惑し、半分、推理するかのように、首をぐるぐると軽く廻してみせた。

「なんでしょうか？　私は、隠し資産の一部か何かでは、とピンときましたが……」

影宗は言った。

「そうね……。久米島からの一連のストーリーをつなぐと、それはありうるな」

小早川は呟くように言った。

「話によると、社長は、バスで来たのではなく、自家用車をフェリーで運ばせたということですから、すでに、大切なものは、この摩文仁の丘から、その車に積みかえてある、とも考えられます」

「まあ、待って」

と、小早川は、性急《せっかち》な影宗を制した。

「え？」

「日本人が、『大切なものを摩文仁の丘から持って帰る』と言ったとき、その『大切なもの』というのはなんだろうか？」

「さあ……それだけではちょっと、よくわかりませんけど」

と、影宗は言った。

「ここは牛島中将の戦死した場所だからね。中将は、辞世の歌で、〈秋待たで　枯れゆく島の　青草は　皇国の春に　よみがえるらん〉と言っている。これは武士道かもしれないし、大和魂《やまとだましい》かもしれない……」

「そういうことは、もう、今の市民の頭の中にほとんどないのではありませんか。あるのは、資産のこと、金銀や宝石のこと……それが、心や精神にとってかわったと言ったら、笑われるでしょうか？」

と、影宗が言った。

小早川は、首を左右に振った。

「いや……私は笑わないね。笑えないんだ。だってそうだろう……。笑うなら、これから林社長の車をマークして、熊本へ行こうなんて、考えるべくもないからね。影宗君、さ、舞台は九州に移りそうだよ」

「どこまでもお伴《とも》します……」

「ありがとう。ところで、君が情報を入手した旧《ふる》い知り合いとは誰なの？」

と小早川は訊いた。

「あ、それは社長の秘書をしている森谷《もりや》のぞみという……一学年私より下の、中学で同窓だった女です」

そう言ったときの影宗は、自分の人脈が仕事の役に立ちそうなのを誇るような顔をした。

第三章　脅迫と誘拐

1

小早川の頭の中には、多くの謎と疑惑が渦巻いていた。

すべては、今のところ、彼一人の心に秘めているしかない。忠実に、小早川につき従ってくれる影宗巡査部長にさえ、具体的なことは洩《も》らしていない。

現在、小早川と影宗の間で、話し合っているデータは、ごく限られていた。

二人の当面の目標は、大阪に本店のある新地銀行の上層部が、巨大な資産隠しを謀《はか》っているという噂《うわさ》が流れているのに対し、「その真相を突きとめるように」との特命が、小早川の許《もと》に届き、この特命に応《こた》えなくてはならないことである。

巨大銀行がらみの資産隠しは、たいていが上層部の人間が、秘密の隠し口座を、海外に開設し、そこへ極秘の金《かね》を振り込んだりすることが多い。しかし、新地銀行の場合は、そうした形跡がない。

そのかわりに、最近、新地銀行をメインバンクとしている日宝自動車の黄秀用《しゆうよう》社長というのが、しきりに妙な策動をしていると、その筋から流れてきた。さらに追及してみると、黄秀用の夫人で、玉山産業の社長でもある人物が浮かんできた。その息子は、黄秀可という。

人脈としては、このくらいで、小早川には、ハッキリした相手の姿が浮かんでいたわけではなかった。

が、いずれにしても、新地銀行から、どのような恰好《かつこう》で、資産が流れ出し、どこに隠されるのか、積極的に調べるしかなかった。その努力のひとつが、久米島にはじまり、沖縄本島に辿《たど》りつく、怪しい荷物のチェックだった。

そのプロセスの中で、小早川と影宗は、玉山産業社長である黄秀用夫人・林華麗の沖縄バスツアーの姿を見たのだった。

「例のツアー客は、森谷のぞみの話だと、これから熊本へ帰るということですから、彼女にマークするように頼んでおきます」

と、影宗は言った。

「それはありがたいが、森谷さんに迷惑がかかるといけないぞ」

小早川は、窘《たしな》めるように言った。

「いや、大丈夫です。彼女には、『別に深い意味はないから、社長の行動で、特段の奇妙な点だけ、教えてほしい』と言ってあるんです」

影宗は、自信ありげだった。

「相手は、並みの人間とは違うよ。素人《しろうと》がウロウロしたり、質問したりすれば、じきに勘づくだろう。あまり賛成できないよ」

と、小早川は首をかしげた。

「しばらく、私にまかせてください。少なくとも、玉山産業のことについては……」

影宗は、自分が情報を入手できる手づるがあると信じているためか、しきりに「まかせて」と言った。

「まあ、君のことだから、ソツはないと思うが、万一、何かおかしな反応でもあれば、すぐに森谷さんには、やめさせるほうがいいと思うよ」

と、念を入れて注意しておいた。

「はい、その折には、また、ご相談します」

「よし」

と、小早川は、この時は、これで話を終わりにした。

だが、小早川の心配は、じきに現実のものになった。彼が影宗とともに、玉山産業のバスツアーの後を追って、九州・熊本へ来た途端、小早川のケイタイに、電話をかけてきた男がいた。

2

小早川のケイタイは、警察庁でも、特命を受けた警視正クラスに与えられたもので、そのナンバーを知る者は限られている。

だから、不意に、

「もしもし……小早川さんですね？」

と、どちらかというと、明るく朗《ほが》らかな声が聞こえたときに、まったく心当たりがなかったため、ハッとしたのである。

「そうですが、あなたは？」

小早川は問い返した。と同時に、ケイタイの下部にある特殊装置のスイッチを押した。こうすると相手の言葉を録音できる仕掛けになっていた。

「小早川さんの身の安全を保障したいと思っている者です。そちらで、だいたいの予想はつくでしょう」

と、言う。

普通の喋《しゃべ》りなので、音声変換機《ヴォイスチェンジャー》などは使っていないらしいが、口に何かを当てているのか、音声のトーンは変わっている。

〈かなり手のこんだやり方だ〉

と、小早川は考えた。

「安全保障は自分でしますよ。それだけですか？」

平然として返事をする。

「それだけで充分じゃないのか。こっちの言うとおりにしないと、後悔するぞ」

急に、脅《おど》す口調に変わった。

「言うとおりにする？……どういうことなんだ？」

小早川は、相手を挑発して、向こうからデータを出させようとした。

「今、やっている仕事から手を引くんだ。ただそれだけのこと……」

相手が次第に、苛立《いらだ》ってくるのが、よくわかった。

「今、やっている仕事？……ああ、あれか？　上野《うえの》の美術館から盗まれたシャガールの絵の捜査か？」

わざと別の件名を言う。

「とぼけるな！　もうひとつ、大きいのがあるだろう……」

と、相手は怒りをあらわにした。

「そうか、気がつかれたら仕方がない。三浦《みうら》半島城《じよう》ヶ島《しま》に隠されていた大量麻薬事件だな……」

あくまで、相手を焦《じ》らせる作戦だった。この段階で、小早川は、新地銀行の資産隠しだと、気がついていた。

「それじゃない。久米島に行ったろう。それから沖縄本島へも行った。それはなんのためだ?……そういう関係のことだよ」

はたして相手は、小早川の足取りを正確につかんでいる様子だ。

「おお、あれを知っているとは……なかなか……。しかし、どうしろと言うわけ?……あれは、シャガールや麻薬からみると、小さな容疑だから、ガヤガヤ騒ぎ立てることはないと思うが……」

小早川は、どこまでも、事件の固有名詞は出さなかった。相手のつかんでいる内容をキャッチするための手段である。

「そこから手を引けということだ。目ざわりだから……」

「そうすると、この熊本にもいられないのか?」

少し茶化《ちゃか》すように答えをはぐらかした。

「そうだ。東京へ帰れ。恋女房が待っているぞ」

相手が、香奈のことに触れたので、小早川はハッとした。嫌な予感がしたのである。

「仕事がすめばむろん帰る」

「こっちの言うとおりにしないと、どういうことになっても知らないぞ」

「仕事は男の任務だ。それにおれは生命をかけている」

「いい度胸だ。だが、予告しておく。男はそれでよくても、女は違う。二十一世紀になっても男と女が同一になることはない。同一になれば人類は破滅する」

脅迫者は、ひとカドの哲学者みたいな口をきいた。

〈この男は、組織のトップクラスの人物らしい。下っ端《ぱ》では、こんな話をしないぞ。敵は本気なんだ〉

と、小早川は思った。

「誤解して、変な真似《まね》はよしてもらいたいものだね」

諭《さと》すように小早川は言った。

「変な真似じゃない。こっちも都合はある。それによっては、したくないこともする。いいか？　これは予告だ。そっちの出方次第では、鬼になるか仏になるか、それはわからない……」

こうして、小早川にかかって来た脅迫電話は、何事かを予感させ、いったんは切れたのである。

3

そんな脅迫電話が小早川にかかって来たとは知らない梨香は、台北からの空路で羽田に着いた。ＥＧのＣＹクラスの臨時便を、陳楊白の手配によって都合よく利用できた彼女は、やっとの思いで日本へ帰ったのである。

出発のときと違い、台湾で行方不明になった胡上恵、鈴村章一こと黄秀可の二人はいなかったが、残りの日本人は、すべて無事だった。

ツアーは中断してしまい、利用できなかった部分について、払戻金の支払いなど、〈ベル旅行社《トラベル》〉にもどり、やるべきことはあったが、それでも、あの大地震の中、とにかく、早急に引き揚げられたことで、梨香はホッとしていた。

空港内のレストランの一角で、いちおうの解散式をした。

そのときの挨拶《あいさつ》で、若い新婚の木村が、

「今度の新婚旅行がぼくにはいい経験になりました。大事件があっても、幸運に恵まれて、必ず助かるというジンクスっていうんでしょうか、そんな気持ちが持てました」

と、言ってくれたのは印象的だった。

別れるとき、カメラマンの佐倉は、桃山と二人で梨香に、

「ずいぶん迷惑をかけたように思うけど、われわれは、あの大地震のおかげで、他人《ひと》ができない撮影などができてよかったんですよ」

と、言ってくれた。

梨香は笑いながら、

「でも、佐倉先生。気をつけてください。日本なら大丈夫と思いますけど、場所によっては、現地当局の許可が必要なところもありますからね。発表は慎重に……」

と、念を押したのである。

こうして、一同は、レストランを出た。

梨香はそれを見送り、自分の荷物を取りまとめていると、そこへひょっこり顔を出した者があった。

それは、梨香を出迎えに来てくれた姉の香奈だった。

「梨香ちゃん」

と、彼女はびっくりするくらい大声で呼びかけた。周囲の人々の視線が、いっせいに二人の姉妹に集まった。

「お姉さま、来てくれたの？」

梨香は姉の愛を感じて、急に涙が湧きあがった。

「無事でよかったわね……」

と、香奈は言い、二人で肩を抱き寄せ合ってしまった。

「だけど、胡さんと黄さんの二人を、残して来てしまったわ。一生懸命に捜したんだけど、お二人は自分の意志で、ツアーから外れていったようなの」

と、梨香は訴えた。

「それじゃ、仕方がないわよ。何かあれば、向こうから言ってくると思うわ」

香奈は、妹を慰《なぐさ》めた。

「小早川さんは？」

「それがね。私が家を出るとき、連絡があって、今、熊本にいるんですって」

「熊本？……じゃ、九州にいたの？」

梨香は言った。

「ううん。別の島に……沖縄あたりにいたみたいだけど、詳しいことは教えてくれないの、しかも、今度は、熊本から四国《しこく》方面へ移動するみたいよ」

「そうなの？」

「なんでもマークしている人物が、四国へ出かけるのをキャッチしたから、そこへ行くんですって」

「四国か……。じゃあなかなか、東京へは戻れないの？」

「たぶん……」

と、香奈はいくらか気になることがあるようだった。

「一人なの、彼は？」

梨香は訊いた。

「一人じゃなくて、若いやり手の、影宗さんという部下と一緒よ。小早川とうまが合うらしいわ。このところは二人でやってる」

「それなら、何かあれば必ず連絡があるでしょうから安心ね」

「安心ということはないわ。前に那智《なち》の大滝《おおたき》のところへ、部下をつれて行ったのに、急に姿を消したじゃない。いつも、あれと一緒なのよ。彼は、霧隠才蔵《きりがくれさいぞう》みたいに……こんな忍術使いのことを言っても、梨香ちゃんにはお呼びじゃないでしょうけど……ドロンドロンと消えてしまいそう」

香奈はこう言って肩を竦《すく》めた。

「ねえ。私、これから会社に行って、打合わせしたら、真《ま》っ直《す》ぐに、お姉さまのところへ行くわ。そこで相談したいこともあるし……夜、満足に寝ていないから、泊めてくれる？」

梨香は頼んだ。

すると、香奈は笑いながら、言った。

「うちで泊まるのはいいけど、二人でお喋りして、そのほうがよっぽど、寝不足になるのよ。わかっている?」

4

この夜、梨香は、香奈の家に泊まった。入浴し、震災の中を旅した疲れをとった彼女は、姉の勧《すす》めるワイン——BARON・DE・Lを空《あ》けた。そして、日本間に二つ並べた布団《ふとん》の中に、枕を並べて横になった。

アルコールの強さでは、梨香より香奈のほうが一段格が上だった。梨香も飲むが、営業がからんでいると、そうそうムリ酒、ヤケ酒はできないから、ワインはグラスで二杯を限度にしている。一方の香奈は、旅行評論家の立場で、フランスワイン、ドイツワインと、本場で飲み廻って来ていた。

姉妹とも、顔が真っ赤になった。つまり、二人は色白だからである。

横になると、梨香は、

「今夜は、電灯を点《つ》けたままにしてもらえないかしら?……私、暗くなると、また、大きな揺れが来るような錯覚があるの」

と、言った。

香奈は、妹を哀れむように見た。

「そうでしょうね。怖《こわ》かったんだと思う。同情するわ」

「同情するなら、アカリをくれ、と言いたいところよ。大地震に遭《あ》うと、誰だって、一度は死んだみたいに思ってしまうのね。よく助かったと自分で思うの」

「あなたは小さいときから運がいいのよ。本当に……」

「運がいいのは、お姉さまよ。だって、小早川さんと結婚できたじゃない。それだけで充分じゃないの」

「まあね、……それよりも、ツアーのお客さまの中で、二人も姿を消したというのは、何か曰《いわ》くあり気ね。怪我をして、病院に運ばれたわけじゃないんでしょ?」

と、香奈は訊《き》いた。

「病院ということはないの」

と、梨香は、天井に映る電灯の影を見て言った。

「どうしたんでしょう?……あなた、心当たりはないの?……」

「ハッキリはないのよ」

と、梨香は言った。

「私は、その二人の顔も知らないから、ひとつの想像にすぎないけれど、お二人は、胡さんと黄さん……台湾人だと言っていたわねえ……」

香奈も、天井の一点をじっと見つめて、呟《つぶや》くように言った。

「ええ、そうよ」

「だったら、その二人の失踪事件というのは、何か、二人それぞれに関係していると思わない？」

「えっ……どういうこと？」

「つまり、二人は同じ動機で一緒にどこかへ行ったのよ」

と、香奈は指摘した。

「まさか、私はそうは思えなかった。だって、二人とも、ひと言もお互いに話をしていなかったみたいだし……親しそうじゃなかったもの……」

梨香は目をつむった。すると、ツアーの初めから、大地震の夜まで、胡と黄が、同じ台湾人でありながら、ひと言の会話も交わしていないシーンばかりを思い起こした。

「それは、もしかすると、二人は、関係のあることを、あなたやツアーの同行者に悟られたくなかったのと違う？」

「そうかしら？」

と、梨香は首をかしげた。

「一番考えられるのはそれよ。じゃなければ、……」

香奈も、ちょっと目をつむったが、ゆっくりと開いてから、

「ねえ。これはどう？」

と、梨香に問いかけた。

「え？」

「胡さんと黄さん……この二人は関係のある人たちだった、と私は思うの、でも、協力し合う関係じゃなかったのよ。だって、胡さんはあなたに、陳楊白さんあての手紙を託《たく》したわけよね」

「ええ」

「仲間なら、黄さんに頼めばいいことよ。だから、私は、胡さんと黄さんは対立していた。もしかすると、胡さんが恐れていた人物は黄さんで、黄さんは、胡さんが地震の最中に、逃げ出したのを追って行った……こんな推理もできるわ」

香奈は、一流の推理で、謎を解こうとしていた。

「でも……そのあと、胡さんはどうして、私に、連絡して来ないの？……あの手紙が、無事、陳さんの手に届いたかどうか、知りたくないのかしら？」

「うーん、それはね」

香奈は考え込んだ。

「そうだわ。最悪のことを考えると、あの後、胡さんは、黄さんに殺されるとか、つかまるとか……どうにかしたために、私への連絡ができなかったの。これしかないわ」

「そんなふうに短絡的に言うものじゃないわ。明日にも、胡さんからの電話が、あなたの会社にあるかもしれないわ」

と、香奈は言った。

「そうかしら……。それならいいけど……」

梨香が言ったときであった。まるで、その言葉を待っていたかのように、枕許の電話が鳴った。

梨香が出ようとした。

「待って、ここは私が……」

と、その送受器を香奈がとった。

5

「はい、小早川ですが……」

と、用心した言い方で香奈が電話口に出た。

「小早川さんだね。あんたは小早川夫人？」

と、ぶっきらぼうに相手の男は言った。

「はい、そうですけど、あなたさまは？」

香奈は問いかけた。彼女の聞いたことのない声音だった。

「名は言えない。それよりも、そこに夏木梨香という、あんたの妹が来ているはずだが、替わってくれ」

と、相手は言った。

「なんですか？……私が代わりに伺《うかが》っておきますけど」

香奈は言った。

「いや、本人を出せ、どうしても言っておくことがある」

その声は、作り声をしているらしく、時々、とても老《ふ》けたり、若やいだ声になったりした。

この様子に、そばで電話を聞いていた梨香が、

「私が替わるわ」

と、送受器に手をかけた。

「よけいなことは喋らないで」

と、香奈は小さい声で言って、送受器を、妹の手に渡した。

「はい、梨香ですけど、なんでしょうか？」

梨香にしても、電話の主の本当の狙《ねら》いを、自分の耳で確認したかったのである。

「おお。あんたか。〈ベル旅行社《トラベル》〉に勤務している女《ひと》だね？」

と、相手は言った。

「はい」

「じゃ、台湾へ行って、今日、戻って来たところだね」

「そうです。それがどうかしましたか？」

と、梨香は、肩肘を突っ張ったように、かまえて訊いた。

「生命《いのち》が助かってよかったと思うだろう」

「それはそうですが、こんな夜中に、なんの用事ですか？」

「あんたが台湾へ行って、見たこと、聞いたこと……そのすべてを忘れるんだ」

「え？……そんなことできるわけはないじゃないですか。私、お仕事でツアコンとして行ったんですよ。忘れてどうするんですか？」

「大地震のことなど、忘れなさい。それと……あんたは、誰かに何かを頼まれたことがあるね？」

「別にありません」

梨香は嘘をついた。相手はせせら笑った。

「まあ、いいだろう。こっちが親切に言っている間に、そっちの態度をあらためなさい。よし、じゃ、最後に、小早川夫人をもう一度出してもらおうか……」

そばにいた香奈は、梨香に、

「私、替わるわ」

と、言った。

そして、替わったその耳に男の声が、サビのある響きで言った。

「奥さん、よく聞くんだ。小早川の身には危険が迫っている。今の仕事から手を引くように勧めることが一番。このままだと、悲劇がまっている。いいな、奥さんはこう言いなさい。『私が可愛かったら、今の仕事はやめて』と」

「言ってもいいけど、結果はわかっているわよ」

香奈はハッキリと言った。

「どうわかる？」

「小早川は、いっそう、張り切ってやるわ」

「……なんと言う……バカな夫婦だ。じきに目が醒めるだろう。いや、醒めさせてやる……」

男の呪《のろ》いに満ちた声がプッンと切れた。香奈と梨香は、お互いに顔を見合わせた。

6

小早川は、このころ、部下の影宗巡査部長とともに、熊本を出発し、四国は香川《かがわ》県大川《おおかわ》郡の寒川町《さんがわちょう》というところに来ていた。

玉山産業社長で、日宝自動車社長夫人である林華麗女史が、熊本から、自家用のベンツを飛ばし、秘書の森谷のぞみとドライバーの男の三人で、急遽《きゅうきょ》、四国へ渡って来たからである。

小早川としては、どこまでも、この女史に食いさがる決心をしていた。

日宝自動車という会社のほうは、黄秀用社長の統率のもとに、最近は、台湾の上流階層をターゲットにした〈バーディ〉という車の輸出を進めていることはわかっていた。

そんな折、玉山産業も台湾へは、営業の進出を図《はか》っているはずなのに、なぜか女史は、沖縄から熊本、そして、今度は四国の寒川町などへ立ち廻っている。

〈どうも臭《くさ》い、臭すぎるぞ〉

と、小早川は思った。

影宗も、車で瀬戸《せと》大橋を渡ったときには、

「四国には、玉山産業の工場も事務所も、ひとつだってありませんよ」

と、不審そうに言った。

「それはわかっているけどね、それだけに、かえって不気味だ」

と、小早川は言った。

「いったい、どんなことが考えられますか？……このあと……」

と、影宗は、警察庁さし廻しの車を運転しながら訊いた。

「行ってみなけりゃわからない。昔から言うように、はたして、鬼が出るか、蛇《じゃ》が出るか……。第一にありそうなのは、あの女史のベンツに、重要な何かがあって、あの女は、それを、どこかに隠しにゆく……これかな」

小早川は、思いつくままに言った。

「その線は考えてみました。昨日、森谷からの連絡を受けましたが、彼女は、何も聞かされていないようです」

影宗は渋い顔をした。

「それはそうだろうね。黄の一族というのは、わたしが集めたデータによると、手の込んだやり方で、脱税してこれまでにも三回、国税庁から追徴されているんだよ」

「ああ、そうだとすれば、森谷には、なかなか、本当のことは言いませんね」

「あるいは、君との……幼馴染《おさなな じ》みとか交友関係とか、いろいろと調べられていて、すべてを知り尽くされていることもありうるよ」

小早川が言うと、影宗は顔を赤くした。

「いえ、それはないと思います。学生時代のことはわかっても、それ以上、現実に、私は彼女とはつき合っていませんから……」

「それなら、それでいいんだよ。とにかく、こっちとしては用心しながらアプローチをしなければ」

「わかりました」

「それから、第二の考えだが、それは、女史が、四国へ行こうとしているのは、そこに彼女が行こうとしているところがあるわけじゃなくて、次へ移動する手段があるのではないか、ということだよ」

「移動する手段？」

「そう。女史のあのベンツは、秘密を隠している車だと睨《にら》んでいるけれど、あれをそのま、どこかへ運べるような……たとえば、大型のヘリが準備されているとしたらどうだろうか？」

「ヘリですか？」

「いや、それはひとつの仮説だけれどね。これから行く先は、坂出《さかいで》から西へ行けば、金刀比羅《ぴら》宮、東へ行けば高松《たかまつ》そして、津田《つだ》町、寒川町だが……このあたりは、農業従事者が中心だし……」

と、喋っているうちに、女史の車は寒川町にはいったというわけだった。

前方の車は、なおもスピードを落とさずに走り続けている。

「このままだと、鳴門《なると》市へ行きそうですね？……」

と、影宗は言った。

「明石《あかし》大橋も開通したことだし、淡路島からまた国道2号へ戻るのかな。そんな莫迦《ばか》莫迦《ばか》しいことはありそうもないが……」

と、小早川は呟いた。

「たぶん、そうじゃなくて、どこかにヘリが待っているんでしょう」

影宗は、小早川の仮説を信じている様子だった。が、それは当たらなかった。

車は、吉野川《よしのがわ》大橋を渡った。それからスピードを落として、徳島城《とくしまじよう》跡から新町《しんまち》川沿いに進んだ。

「これはヘリじゃないらしいぞ」

と、小早川は呟いた。

「え？　いったい、何をしようとしているんでしょうか？」

「じきにわかる」

そう言った小早川は、口をへの字に結んだのだった。

7

一夜を、姉の香奈の許《もと》ですごした梨香は、いったん自宅へ戻った。

会社には、いちおうの報告をしてあり、昨夜、布団の上に寝たといっても、興奮をしているうえ、全身の痛みもあった。

疲れというのは、緊張がとけたときに、急速に現われるのである。

まして、昨夜、怪しい男からの脅迫電話が、姉のもとにかかって来ている。

〈私は大丈夫だけど、お姉さまは、小早川さんの妻として、いつも狙《ねら》われているんだわ〉

と、思えば、心配で、心配で、たまらなかった。

香奈は、

「大丈夫よ。これまで、なん回、脅迫電話があったと思う？　みんな脅しだけよ。うちの人みたいなプロに、脅しをかけてもムダなことくらい、誰だって知っているわよ」

と、平気なものだった。

「でも、ゆうべのは、ずいぶん、本気みたいよ。小早川さんが、今、タッチしているお仕事というのは、どんな種類のもの？」

と、梨香は訊いた。

「大阪に本店のある新地銀行の資産隠し問題らしいわ」

「関西方面ね？　そっちへお出かけ？……」

と、梨香は尋ねた。

「そう。だけど、沖縄本島の先の久米島まで行って、それから沖縄本島へ戻って来たり……ま、いろいろよ」

どこまで知っているのか、香奈は、ハッキリ言わずに、漠然と答えた。

〈あの男のひと、小早川さんを、直接、脅迫しないで、お姉さまをターゲットにしていたわ。お姉さまが、小早川さんに、何も言わないとしたら、次にどうするかしら？……〉

と、梨香はちょっと考えた。

最悪の予想が生まれた。

〈……そうだわ。やりそうなのは、お姉さまを誘拐して脅しをかけることじゃないの〉

そう思うと、梨香はとても、ゆっくりとはできなかった。

〈どうしたら、その危険を防げるか？……〉

と、考えているうちに、梨香は、自分の考えの浅さに気がついた。

〈小早川さんが、そのくらいの用心をしないわけはないわ。きっと、以前から打ち合わせしていて、お姉さまも、今日あたりは、いろいろと警戒しているはずよ。だって、犯人が予告してきたもの〉

彼女は苦笑した。

とにかく、ひと休みしようと、自分でコーヒーを淹《い》れた。これに一杯のココアを落とす。強烈なカカオの匂いが、彼女の疲れている神経を奮《ふる》い立たせた。

〈そうだわ。私のほうも……胡さん、黄さんの二人の安否《あんぴ》を、台湾当局に照会しなくては……〉

と、次にやるべきことに気づいた。

データをそろえていると、突然、電話が鳴った。

急いで、送受器をとりあげると、

「私よ。香奈。よく聞いて。私、誘拐されるわ。SCベストを着ている。小早川にそう伝えて……。あ、もうダメ」

一方的に、香奈の声が、やや掠《かす》れたトーンで聞こえ、パッタリと中断した。

「もしもし……お姉さま、いったいどうしたの？……もしもし……」

梨香は、必死になって問いかけたが、もうなんの反応もなかった。

いったん、送受器を置き、それから、再び小早川の家の電話番号をプッシュした。が、応答はなかった。

そこで、梨香は、たった今しがたの、香奈からの電話をリフレインしてみた。

——私、誘拐されるわ。

——SCベストを着ている。小早川にそう伝えて。

——あ、もうダメ。

〈きっと、暴漢が家の中へ乱入して、誘拐されることを感じたので、すぐに私のところへ連絡したんでしょうけど、SCベストというのは何かしら？　これは小早川さんに言えばわかるんでしょうけど……〉

何かが、忙《せわ》しく、梨香の心の中で動いた。それにしても、なん秒かの間に、どうして、梨香への電話をかけられたのか？　これは不思議であった。
とにかく、考えている余裕はない。小早川に一刻も早く、香奈の大ピンチを伝え、〈SCベストを着ている〉と告げる必要がある。
梨香は、まず警察庁へ電話し、小早川夫人の誘拐を告げ、彼に告げる言葉を伝えた
——。

8

これより少し前、香奈は、昨夜の脅迫電話のことを考えていた。
脅迫者の怒りは、かなりのもので、当然、何かしてくる気配《けはい》があった。
〈ただではすみそうもないわ〉
と、香奈は本能的に覚悟した。
彼女は立ちあがって、クローゼットの一隅から一着のベストを取り出した。
小早川から、
「万一の場合、これを着ていなさい」
と、言われ、使用方法を教えてもらった一種の防災用品である。
このSCベストというのは、シークレット・クローズの略で、いろいろの仕掛けがして

あるのだった。

このベストを着ていると、第一に防刃《ぼうじん》作用がある。つまり、ナイフなどでは怪我をしない。第二には、フローティング……水の中に沈んでも、上半身が浮く。第三には、このベストには特殊な配線がプリントしてあり、それが、特定の電話番号とつながるボタンが一カ所ある。電力は三分間しかもたないものの、これはひとつの武器だった。また第四には、布地の一部には、自発光塗料があり、千切《ちぎ》って、目印にできる。そこにあるナンバーを読むと、誰のベストからのものかが、わかるのだった。

香奈は、大急ぎで、それを着こんだ。しかし、異変が起きたのは、この直後だった。不意に、マンションの部屋の入口に思いがけない人影が現われた。音も立てずに、合鍵をつかって侵入したのは、その筋のプロとしか思えない。

香奈は、ベストを着た後、二重キーをセットしようとしていたのだ。梨香を送り出したあとの処置にスキがあったわけである。

しかし、それを後悔しても後の祭にしかすぎない。香奈はSCベストを着ていたのをさいわい、ベスト下部の秘密のボタンを押した。このボタンは押すだけで、そのまま、妹の梨香に電話をつなげる。といっても、このプリント式配線電話は、一方的に発信するばかりで、受信はできない。また、その時間も三分間だけという制約がある。

香奈は叫ぶように言った。

「私よ。香奈。よく聞いて。私、誘拐されるわ。SCベストを着ている。小早川にそう伝えて……。あ、もうダメ」

このあと、二人の男が香奈にとびかかり、彼女の自由を奪った。ガムテープで口をふさがれ、頭から、黒い袋をかぶせられると、もう、どうしようもなかった。むろん、手も縛《しば》られた。

香奈は、「誘拐される」と察知して、そう自信をもって喋《しゃべ》った。とにかく、相手は香奈を殺す気はないのである。目的は、小早川の行動にストップをかけ、圧力を加えることだ。それには、香奈をピンチに陥《おとしい》れるだけでいい。逆に、彼女を殺したとなれば、小早川はたちまち、鬼のように誘拐者を追及し始めるに違いない。

そういう彼女の気持ちを知っていたのか、

「奥さん。おとなしくしなさい。そうすれば生命《いのち》だけは助けてやる」

と、黒い袋の外から、声がかかった。

むろん、これに応《こた》えることはできない香奈である。しかし、目と口は不自由であっても、耳は残っている。

〈何かの音さえ聞こえたら、きっと連れて行かれる先を突きとめてやるわ〉

と、香奈は気丈《きじょう》に思った。

それに彼女の頼りは、さっきのSCによる特殊電話だ。受信を示す低音が発せられた。

ということは、梨香がちゃんと聞いているのである。

その後、梨香がかけて来たらしい呼び出し音がしていた。誘拐犯人たちは無視していたものの、香奈は、

〈うまく伝わっていればいいけど〉

と思った。

「奥さん、さあ、こっちへ来るんだ。ぐずぐずしていてはまずい」

犯人の男の声だった。

手を縛ったロープの端を引っ張られた。

立ちあがりながら香奈は、

〈うちについている二つのビデオカメラに、犯人たちは映っているかしら？　うまくいくといいけど……〉

と考えた。

しかし、小早川不在とはいえ、警視正の家を襲ったプロのことである。とても油断しているとは思えない。一瞬、彼女が見たかぎりでは、覆面し、ヘルメットをかぶっていた。メット姿というのは、誰もが同じに見えるから、犯人にとっては、易《やさ》しくできる隠れ蓑《みの》というわけだ。

〈梨香ちゃん……小早川に連絡して……〉

と、香奈は祈りつつ、犯人の言うなりに連れ出されていった。

9

梨香は、警察庁へ緊急連絡をして、

「私の姉である小早川警視正の妻、香奈という者が、何者かに誘拐されてしまいました。大至急、小早川さんに連絡してください」

と告げた。

その後すぐ彼女は自宅から、渋谷《しぶや》の香奈のマンションへ急行し、姉の姿が見えないのを確認した。

梨香の要請により、警察庁では、小早川に公務連絡として、香奈誘拐を告げた。そしてすぐさま、特別任務につく三人一《ひと》組のグループが梨香の待っていた小早川のマンションに到着した。

チーフは、亀尾《かめお》警部と言った。黒縁《ぶち》のメガネをかけている偉丈夫《いじようふ》だった。

亀尾警部に向かって、梨香は第一に質問した。

「姉は、SCベストを着ていると、義兄《あに》に伝えてほしいと言ってました。このSCベストとはなんですか?」

亀尾は、

「それは、われわれが開発した護身用ベストのことですよ。そこには、電話機能、防刃機能、浮力機能、マーク機能……そのほか秘密の機能が全部で一〇項目はついているわけです。誘拐された奥さまは、それを着ていらっしゃるとしたら、ずいぶん、心強いですね」

と、教えてくれた。

「それは知りませんでした。でも、電話などは、電気がないとすぐダメになるんじゃ、ありませんか？」

梨香は訊いた。

「普通は容量の点で制限されるので、連続三分です。けど、太陽電池がプリントされていますから、太陽にさえ当たれば、機能は回復します」

と、亀尾は言った。

「それは凄いわ。でも、どんな暗いところに閉《と》じ込められているかもしれないし……。食べるものだって心配」

梨香に対して、亀尾は笑った。

「そのベストの裾下のところを噛《か》むと、チョコレートを織り込んだ繊維がありましてね。まず一週間は、誘拐犯が何も与えなくても、生きてゆけます」

〈よかった！〉

と、梨香は思った。

それで、なぜ香奈が、SCベストを着ていると、小早川に伝えてほしいと言ったのか、理由が呑《の》みこめた。要するに彼女は、小早川に、

「安心してちょうだい。私は大丈夫なの」

と、伝えたかったわけである。

さらにこのとき、亀尾は、

「今、もうひとつ、大事なことを調べています」

と、言った。

「それはなんですか？」

梨香は訊いた。

「SCベストには、AとBがありましてね。この区別なんですよ」

と、彼は得意そうだった。

「AとB？」

「その違いは、Aはごく普通のものです。しかし、Bには、特殊の仕掛けがしてありましてね。ベストの一部にラジオ・アイソトープを使った特別の発信装置がついているんですよ」

「ラジオ・アイソトープ？」

梨香は首をかしげた。

「そうです。放射性の同位元素のことです。これを使った極小のメカによって、そこから発せられる放射能を感知すれば、たちまち奥さまのいる位置がわかるはずです。ですから、誘拐の人質が、これさえ着ていれば、うまくキャッチできるというわけです」

「まあ、それでは、じきに、お姉さまは発見されますね」

「待ってください。今、小早川家にあったのが、単なるAか、それともBタイプか、照会していますので」

「Bならいいんですね」

梨香は祈った。

このとき、小早川の書斎にあるSR（秘密受信機）が自動受信を始めた。なにやら暗号のようだったが、梨香には何もわからなかった。

亀尾はじっと、それを見ていたが、受信テープを切りとり、自分のポケットに入れた。

「それ、SCのA、Bを示すものじゃありませんか？」

と、梨香は訊いた。

「いや、まったく別のことです。もうしばらく待ってください」

警部は慌《あわ》てなかった。

それから一五分後、亀尾のレシーバーに、回答があった。

「ああ、わかりましたよ。小早川夫人のベストはBタイプのものです」

「よかったわ！」

と、梨香は叫んだ。

「じきに助け出せるんでしょ、ね……」

「可能性は高くなりました。しかし、うまくゆくかどうか、すべては、相手の出方次第ですよ」

と、亀尾は言った。

10

小早川のケイタイへ警察庁からの緊急連絡がはいったとき、彼はオーシャン東九《とうきゅう》フェリーの船上にいた。

小早川と影宗の二人は、黄秀用夫人の林華麗のベンツを追い、四国の徳島へ来た。すると、ここから華麗とその一行は、〈おーしゃんのーす〉に乗り込み、東京へ向かうフェリー船上の人となったのだ。

「急に思いついたんですかね？」

と、影宗は言った。

「わからん。しかし、このフェリーは二等寝台のみだし、わざとそうしたのなら、あくまで、われわれの目を欺《あざむ》くつもりかもしれない。とにかく、あの女史《ひと》は、もっとほかの……つまり上層部の命令で、動いているんじゃないのかな」

小早川はそう呟いた。

「こんなことなら、熊本空港から羽田へ飛べばいいのに……」

影宗は、忌々《いまいま》しそうだった。

「いやいや、向こうは、われわれの尾行を察知しているとみなければいけない。その中で航空機のような速《はや》いトランスポーテーションをやめて、船を使ったのには、何か意味があるだろう」

と、小早川は考え考え、言葉を継《つ》いだ。

このときである。警察庁からの連絡がはいったのは。

「どうしました？」

小早川がケイタイを耳にし、さっと顔色を変えた瞬間、影宗が訊いた。

小早川は電話を切った。

「しまった。こっちのことばかり心配していたら、東京を狙われたよ」

「東京とおっしゃいますと？」

「ワイフだ。敵は、おれがこの事件から手を引けばいいと思っているから、ワイフを誘拐した。手を引かなければ、女房《あれ》が危険になるだろう」

「しかし……小早川さんにそんな取引を持ちかけてもムダなことくらい、わかりそうじゃありませんか？」

「それもそうだ。だけど、相手は、なりふりかまわずに食いついてきたのだろうな。それというのも、おれや君のやっていること——華麗女史をマークしているのが、正しいことだからさ」

「なるほど、そういうことになりますね」

影宗はニヤリとした。

「とは言っても、女房を放っておくわけにはいかない」

「誘拐犯の手がかりはないのですか？」

「うーん」

と、唸《うな》り、小早川は上甲板《デッキ》の縁に立って、目で暗い空のほうをじっと見あげた。

なん分かの時が流れ、再び、小早川のケイタイに連絡がはいった。亀尾警部からであった。

しばらく応答していた小早川は、電話を切ると、

「手がかりをつかめそうだよ」

と、影宗に言った。

影宗は、船室のほうを気にしていたが、顔をあげると、

「えっ、本当ですか？」

と、言った。

「うん。ワイフは、ＳＣのＢベストを着ているらしい」

「あ、そうでしたか？」

「あれは、ラジオ・アイソトープを仕込んであって、追尾可能になっている。きっと、うまくゆくだろう」

「それはよかったですね」

影宗の声は弾《はず》んだ。

「となると、案外、誘拐犯のほうから、逆に事件の核心に迫るという道もでてくると思わないか？」

小早川は、不敵にもそう言った。

「思います」

「ワイフは、旅慣れしているうえ、どんな逆境にも平然と対処する精神をもっているからね。よほどのことがないかぎり……たとえばヌードにされて責《せ》められる、というような辱《はずかし》めをされたらわからないが、たいていのことには大丈夫だよ」

「そうはいっても、一分一秒でも早く助かってほしいです」

と、影宗は言った。

「むろん、そうだけど、ワイフのことだ。相手の秘密をつかんで逃げ出そうなんて、よけいなことを考えないとも限らない」

小早川はそう言って、低く、男らしい笑いを洩らした。

けれども、このとき、小早川は、香奈の陥ったワナの本当の恐ろしさに気がついていなかったのである――。

第四章　人喰《く》い怪魚

1

小早川警視正の妻、香奈は、正体不明の男たちによって誘拐された。

並の女ならば、真《ま》っ蒼《さお》になって震え出すところだが、香奈は、小早川と結婚して以来、

〈いつか、危険なときもあるに決まっているわ……〉

と、覚悟していた。

そのうえ、このときの誘拐に際して、香奈は警察庁で極秘に考案した〈SCのB〉という防刃《ぼうじん》ベストを身につけていた。

このベストには、プリント配線による電話装置など、いくつもの機能がついているのだ。しかも、誘拐寸前、香奈は、この電話装置を使って、妹の梨香にピンチを通報している。

〈きっと、今ごろは、妹が警察庁へ連絡して、そこから小早川とコンタクトしてもらえる

はずよ〉

と、香奈は想像した。

だから、頭からスッポリと黒い袋をかぶせられ、車に乗ったまま、どこかに運ばれても、香奈は心配しなかった。

それどころか、かえって逆に、

〈うまくすれば、敵地に乗り込めて、夫のため、世のため、少しは役に立つかもしれないわ〉

と、虫のいいことを考える余裕があった。

どこかに幽閉されたにしても、特殊ベストの機能で、たとえ短時間でも通報が可能かもしれない。そうすれば、小早川は、必ず、救出に来てくれるだろう。香奈はそれを信じていた。

小早川の住むマンションを出てから、小一時間も、車は走り続けた。それは香奈の方向感覚を狂わせるつもりか、ぐるぐるぐるぐると回り、やたらと、右折、左折を繰り返すのだった。

〈ダメだわ、これでは、今、どこにいるのか、サッパリ見当もつかない……〉

香奈が、サジを投げたとき、車は静かにとまった。男の声が何か言っているものの、ハッキリとは聞きとれない。

しばらくすると、誰かがそばに寄って来る気配がした。

「さあ、この棒につかまって立て。立ったらサッサと歩くんだ」

と、中年の男の声がした。

どうやら目的地に着いたらしい。一本の木の棒が手の甲を叩いた。それにつかまると、彼女は歩かされた。

「これから地下室におりる。階段を一歩一歩気をつけておりるんだ。中は狭いからな。うっかりして落ちると、下はどうなっていると思う。大きな地下の池だよ。池の中には、キャット・フィッシュやピラニアがたくさん泳いでいる。うっかり落ちたが最後、奥さんは人喰《く》い魚に骨以外は全部、食べられてしまうぜ、いいな？　わかったら、しっかり歩くんだ」

と、男は言った。

どうやら、地下は天井が高く、足許《あしもと》には、人喰い魚の泳ぐ池ができていて、人を幽閉するのに適しているらしい。

〈慌《あわ》ててはいけないわ。あんなことを言って、私を怕《こわ》がらせるのかもしれないし、とにかく当分は言いなりにならないと、いっそう、警戒が強くなる……〉

香奈は、自分の頭を冷静にして、そこで深呼吸をひとつした。

2

アジトらしいところに連れ込まれた香奈は、黒い袋は取り払われたが、かわりに目隠しとして、アイマスクをつけられた。手は前手錠されたが、足のほうは縛《しば》られていない。

アイマスクの片隅から、視野の五パーセントくらいが見える。

香奈のいるのは、四畳半くらいの、グレイ一色の部屋だった。家具らしいものは、ほとんど見えない。

〈これって、人を監禁するための専用の部屋じゃないかしら?……〉

と、香奈は思った。

彼女は一人だったが、SCベストを身につけていることで、どことなく安心だった。

〈手錠さえなくなれば、この場所を教えてやれるのに……〉

と、警察との連絡方法を考えることが多かった。

それからどのくらいが経《た》ったか、時計を持たない香奈には、時間の経過が読めないが、誰かがはいって来た。

男か?……と心配もあったが、今度は、男女のカップルのようで、女のほうばかりが喋《しゃべ》った。

「小早川さん、お召しかえよ。その服だと、ここでは寒いかもしれない。着替えましょうね」

と、比較的、若い声が言った。

〈SCが取られてしまう……〉

と、香奈は、ベストがなくなるのを心配した。

「寒くはありません。このままにしておいてください」

と、香奈は抗議するように言った。

「いけません。そのベストは汚れているんでしょ？……それとも、何か、あなたにとって脱ぐと都合の悪いこと、あるんですか？」

と、女はシニカルに言った。

「別に寒くはないし……」

香奈は頑張った。が、その女は、笑い声をあげた。

「かまうものですか。素っ裸にしていいのよ、上も下も……手錠が邪魔なら、ナイフで切って、身につけているものを、この袋へ入れてちょうだい。全部チェックするから……」

女が言うと、そばの男が動く気配がした。香奈は身もだえしたが、ナイフが時々、躰《からだ》に触れる。

「動いたらダメよ。怪我《けが》をしてもいいの。裸になったら、このクラシックパンツをはかせてやるわ」

女は楽しそうだった。

香奈は、

〈あ、この人たちは、SCベストのことなどを知って、私の躰から、危険のありそうなものを遠ざけるつもりだわ〉

と、相手の狙《ねら》いに気がついた。

だが、悲しいことに、香奈は抵抗する自由を失っていた。着衣いっさいを取り払われ、男の手らしいものが、昔、男の人が身につけていた〈もっこふんどし〉という、布地に紐《ひも》のついた品を香奈に締めさせた。

「こんなこと、やめて……。変なことしたら承知しないわよ」

と、香奈は叫んだ。

自分の姿がどうなっているのか、それを男と女の二人がどんな目で見ているのかを考えると、とても耐えがたかった。

「騒いでもムダよ。第一、変なことなんか、しませんからね。風邪《かぜ》をひくといけないから、いつまでも裸にはしておかないわ。さ、その寝袋《スリーピングバッグ》を着せておきなさい」

女が男に命令している。こうして香奈は、ふんどし一丁《いっちょう》の惨《みじ》めな姿で、手錠のまま、寝袋の中に押し込められた。

「いい姿だわ。これが小早川警視正の奥さまってわけ……。笑っちゃうわ」

女は、クックッと忍び笑いをした。

香奈は、断然、防寒性の高い寝袋に入れられ、寒くはないが、もう逃げられない、と観念した。

〈裸にしたのは、身体検査とともに、逃亡を予防するために決まっているわ。どうして、こんなことに……〉

香奈は、いろいろと考えた。相手もさるものである。香奈の着ているＳＣベストの機能などに、疑問を感じたのかもしれない。

「静かにしているのよ」

女は言い残すと、部屋の外へ出た。シリンダー錠をかけるような気配がした。

香奈は床の上で、寝袋に納まったままの姿を、いも虫のように動かしてみた。手錠はかかっていても、ロープ縛《しば》りよりは、かなりの自由がある。

〈もう少し模様をみて……助かる方法を考えましょう〉

こんなピンチになっても、香奈はまだ、へこたれてはいなかったのである。

小早川が徳島からの長距離フェリーに乗船し、影宗巡査部長とともに、黄秀用夫人の林華麗の車を監視しているころ、すでに東京では、誘拐された香奈を求めて、捜査が開始されていた。

3

香奈は、SCベストのBタイプのものを着ているということが、小早川と梨香の証言などをつき合わせるとハッキリしてきた。

これはとりも直さず、香奈の躰から、アイソトープを使った特殊な微弱放射能が発せられているわけであり、検知器さえあれば、一定の時間内にかぎり、これを追尾しうるわけだった。

なにしろ、小早川のマンションから、連れ出されたのだから、スタート地点は間違いなくわかる。

SCベストのBを考案した技師のドクター篠原《しのはら》をトップとする五人のグループが、小早川のマンションに急行した。

検知器は、玄関先で大きくその針を振らして、つい先刻、香奈がここから出ていったことを示した。

「南だ。誘拐者の車は、商店街をぬけて、南にある住宅団地方面へ行ったらしい」

篠原は、オープンカーの助手席から、ドライバーに叫ぶように言った。ドクターは、小早川とは親交があるので、親身になって香奈の身の上を心配しているのだ。

交差点を通るときは、慎重に計測をする。東海村《とうかい》の臨界事故のときがそうであったように、この追尾方式のメリットは、風や天候に関係なく、いったん汚染されると、かなり長い間、痕跡を残すことにあるのだ。

むろん、SCベストに使用されるアイソトープの量と性質は、一定の期間は、人体への影響を無視できるようにコントロールしてある。

「東へ向かっているな。このままだと臨海副都心へ行き着きそうだ」

と、ドクター篠原は、車上からケイタイで、本庁の担当官に連絡した。

「了解、引き続いて、ご連絡願います」

と、緊張した返事があった。

香奈の行く先、幽閉先がわかれば、そこへ三〇人の捜査員を急行させる態勢ができていた。

場所場所によって、反応は増減しながらも、次第に、湾岸道路へと近寄ってくる。そしてついには、平和島《へいわ》、羽田、さらにはベイブリッジ方面へと、追尾行は移動していった。

ドクター篠原は、

「すでに川崎《かわさき》を通過。なおも南下中、ベイブリッジが目前です」

こうした臨海地帯では、検知器の反応はよくなくなる。しかし、道路そのものは一本道なので、その分、追跡はしやすいわけだ。

結局、こうして、山下《やました》埠頭《ふとう》から本牧《ほんもく》埠頭へと、車をのり入れることになった。

「おっ、これはかなりハッキリしてきた。この近辺で、誘拐犯は、車を徐行させたのかもしれない」

ドクター篠原が言った。それは、建ち並ぶ倉庫群の入口だった。こうしたところは、倉庫の分厚い壁のために、かえって空気が澱《よど》んでしまうから、わずかな量でも反応しやすい道理だった。

そこを通り過ぎると、もう岸壁となり、汐風《しおかぜ》が強い。

「ちょっとストップ……」

ドクター篠原は、検知器のメーターを見ながら、運転する警官に命じた。

この車の後ろから、もう一台の警察車がついてきていたが、それも静かにとまった。

「どうしました？」

と、同乗の警察官が訊いた。

「急に針が動かなくなった。これは、この先には痕跡がないということだが、ひとつ、おりて、この周辺を探《さぐ》ろう」

と、ポータブル検知器を持って、篠原はオープンカーをおりた。

実際のところ、その先は海である。

〈もしや……海に棄《す》てられたのでは……〉

という思いが、捜査員としての頭に浮かんだ。

だが、篠原はその思いを振り捨てた。

「ここで反応が消えているのは、いったん、車で、元きた道をなぞるように戻ったのかもしれない」

と、彼は言った。

「えっ、どうして……」

捜査員の一人が、篠原に問いかけた。

「相手も、人質の躰から、こうした仕掛けを発見したんだろう」

と、答えたドクターの表情が曇った。

「では、もう一度、ふり出しに戻って、チェックなさいますか？」

「だんだんと難しくなる。それに……」と篠原は倉庫群を見廻した。「もうひとつの可能性があるんだ」

「なんですか」

「この倉庫群は、いかにも、人質を隠すのに恰好《かっこう》じゃないか、そう思わんかね？」

ドクターは、周囲を見廻した。

4

後続車から、亀尾警部がおりて来た。彼は小早川の下で働き、警視正のやり口には、かなり慣れていた。

ドクター篠原の話をきくと、

「そうですか。私も、おっしゃるとおりだと思います。追跡痕《トレイル》をまくために、来たときと、同じコースを戻る可能性もありますが、この倉庫、上屋《うわや》地帯に来た以上、ここで何かをしたと思うんです。しばらく捜索してみましょう」

と、身をのり出した。

「よし、では私のほうは、検知器を持って、この周辺を歩いてチェックします。ほかの人は、建物のほうを、少し丹念に見てください。ここまで来て、手ぶらというわけにはいかない」

と、篠原は断をくだした。

亀尾はニッコリした。

「いや、大丈夫ですよ。このへんは、麻薬取引がらみで、私は三、四回、来ていますから、地理には明るいので……」

と答え、そこで居合わせた七名は、手分けして、捜索を開始した。

とくに、亀尾は、建ち並ぶ約二〇棟の保税倉庫のうち、初めから一五棟は問題にしなかった。これらはすべて、大手国内倉庫会社のもので、施錠もしっかりしていて、管理会社の特別警戒下にある。その中へ、人質を閉《と》じ込めることは不可能に近いし、万一、そうしても、犯人側のメリットは少ないのである。

残りの五棟の中で、通常に営業中のものは三棟。他の二棟は修理工事中と、あとは取壊し予定となっている。こうした事情を、亀尾警部が知っていたので、手分けはすぐにできた。

ドクター篠原と一名の警察官は、検知器を使う別働隊となり、自由に行動を続けた。

一方、残りの五名のうち三名は、各自が一棟ずつを担当して、怪しい点がないかどうかを見廻った。

亀尾警部は、一名の部下の捜査員をひき連れて、まず修理工事中の倉庫へ向かった。

だが、この日は、二名の下請工事人がいて、倉庫内部の壁塗りをしているばかりだった。亀尾が入口から覗《のぞ》いても、塗装業者は、全然、振り向きもせずに仕事をつづけている。

入口のそばには、〈安田塗装店《やすだ》〉のネーム入りの車が一台、ポツンと駐《と》まっていた。

「あ、ちょっと……」

亀尾が声をかけた。

「………」

振り向いたのは、茶髪で目の大きな若者だった。

「今日、このへんに、見慣れない車がはいって来なかったですか……」

この警部の質問に、

「知らねえな……。なあ……」

と、二人は顔を見合わせた。

「隣りの取壊し予定の倉庫のあたりは？」

と訊くと、

「そう言えば、車が一台、来ていたよな」

と、一人が言った。

「でも、じきに帰ったみたいだ」

「どんな車？」

「見なかった」

頼りのない返事である。

しかし、とにかく、目的不明の一台の車が、取壊し予定で、放置されている倉庫のそばへ来て、すぐに去ったとわかっただけでも、亀尾には収穫だった。

すぐに身をひるがえして、人気《ひとけ》のない倉庫のほうへ行く。この倉庫は、鉄扉《てっぴ》が取り払われており、内部はガラン洞になっている。入口は仮のシートで封鎖しただけのものだった。

亀尾はそのシートの一部に隙間《すきま》があるのを見た。シートは針金で縛りつけてあるだけだから、簡単に外れそうだ。

〈どうも臭いぞ〉

と、警部は思った。

〈この中に、小早川さんの奥さまがいるとは思えないが、シートをはずしてチェックしたい〉

それには、ハッキリした犯罪証拠がないと、いちいち令状をもらうか、所有権者の了解が必要だ。その余裕はなかった。

そこへ、ドクター篠原が、ポータブル検知器を持ってやって来た。

「すみません。その計器で、このシートの中を調べてください」

亀尾の言葉に、篠原はすぐ応じた。

「ここだ。メーターの針が最高を示している。この中にSCベストがある……」

彼は興奮して言った。

たちまち、捜査員はシートをはずし、古びた倉庫内にはいった。彼らが見たのは、無造作に丸めて棄ててあるSCベストのB一着だけだった。

香奈の姿は、まったく見当たらなかった。犯人側は、危険なベストを、横浜港《よこはま》の倉庫に捨て、捜査員をミスリードしたのだった。

5

香奈は、アイマスクは外されたものの、全裸に近い姿で、黒い寝袋に閉じ込められていた。

あたりは静かであった。壁の上のところに、小さなブラケットがついている。これは、部屋の覗き窓から人質を見たとき、状況を把握しやすくするためのものらしい。部屋には戸外に続く小窓はあった。が、そこは開閉式の扉が閉めてあるのだ。見張りがいないとき、寝袋からぬけ出して、様子を見た。小さな扉だったが、手錠が邪魔をして、うまく開けられぬ。

〈ここから覗ければ、きっと外が見える。いったい、ここはどこなのかしら?〉

香奈はそれを知りたかった。わかれば、次はそれを知らせる方法を考えればいい。

その点、彼女は、張り番の若い男、ほかの連中から、〈ハスキー〉と呼ばれている男のジーンズの尻ポケットに、小さな極薄型のケイタイがあるのを見ていた。

〈あれさえ盗《と》れれば……〉

と、大胆にも、そこまで考えていた。

素っ裸に近い状態では、なかなか、飛び出してゆく勇気は出ないが、反面、一般市民の目にとまれば、助けがくる可能性はあった。

寝袋に戻った香奈は、チャンスを見計らっていた。また、さまざまの策略を練った。

この部屋は、実に奇妙に出来ている。ちょうど、中二階のようなところに、なん本もの鋼鉄の柵《さく》をつくって、檻《おり》みたいな形にし、そこにドアがあるのだ。

〈以前は、特別の目的に作ったのではないかしら？……〉

香奈が想像したのは、密輸入したワシントン条約違反動物などを、ここに収容していたというようなことだった。

見張り番の男が、〈ハスキー〉と呼ばれているので、ロシア産のハスキー犬などを考えたせいかもしれない。もっとも、茶髪の青年は、たんに〈掠れ声《ハスキー・ボイス》〉なためにつけられたニックネームかもしれないが。

囚《とら》われている中二階の下が、どうなっているかはよく見えない。しかし、時折、巨大な魚が飛びあがるような音もしているから、大きな地下の池ができていると、香奈は感じた。

ここへ連れ込まれたとき、「キャット・フィッシュやピラニアがいる」と男が言っていたから、恐ろしい人喰い魚などを、飼っているかもしれない。そうなれば、香奈のような人質を、囚えておくには、ちょうどいい建造物である。

〈誰が、どんな目的で、ここを作ったの？……外から見ると、普通のビルかしら？〉

いろいろと想像するが、どうもハッキリしなかった。

しかし、誘拐者たちは、すぐには香奈を殺すようなことはしなかった。彼女の夫、小早川警視正は、かつてこんなことを言った。

「婦女子を誘拐した者は、たいてい三時間以内に人質を殺しているという統計が出ているよ」

と。

その言葉が本当だとすれば、香奈を誘拐した人物は、比較的、優しい人物なのだろうか。

〈そんなはずはないわ、何かの目的で、私を殺さないで、生かしているのかも……。たとえば、夫の小早川を、私のほうに釘づけにするために……〉

さらに考えると、香奈の服を剝《は》いだのは、ＳＣベストを脱がせるためだけではないようだ。素っ裸にする目的は、やはり、彼女を生かしておいて、逃がさないためだということだろう。

〈とにかく、外と連絡したいわ。それには、ここの場所を、私自身が確認しなければ……〉

そのことばかりを考えているうちに、ひとつの名案が浮かんだ。

香奈は、寝袋の中から起きあがって、小窓の扉を指先で動かそうとした。が、やはりうまくゆかない。これは計算したとおりだった。香奈は、目をつぶって、その扉の掛金のところに、左の薬指をひっかけ、金具の先で皮膚を突いた。みるみるうちに血が溢《あふ》れ出した。

「キャーッ。痛い、痛いわ。助けて！」

ここぞとばかり大声をあげた。

ハスキーが飛んで来た。

「おとなしくしていろ、と言ったのに……。アイマスクを外してやったのが失敗だったかな」

と彼はブツブツ言った。

「お薬を持って来て」

「怪我をしたのか、仕方のない女だ」

ハスキーの目にも、香奈の白いバストや、ムッチリした臀部《でんぶ》が眩《まぶ》しく映《うつ》ったのだろう。すぐ引きかえして、〈白チン〉をひと瓶、持って来た。そして、香奈の左薬指の手当てをし、ガード絆《ばん》を貼ると、小窓のところへ行き、いったんそこを開け、すぐ閉めた。

「もう二度とここをいじるなよ」

と、怕い顔をした。

けれども、香奈はこのとき、ほんの一瞬、外の風景を見ていた。大きなビルが見えた。屋上にローマ字の電飾があった。ASAMAYAと読めた。手前に、風見鶏《かざみどり》の尖塔《せんとう》があった。そこに夕陽《ゆうひ》の光が当たっていた。電飾、風見鶏そして彼女が囚われのビル……これは左側からの夕陽を浴びているから、三つは、北から南へ並んでいるわけだ。それは距離にして、一五〇メートルくらい……。

「あ、怕い……」

香奈はそう言って、ハスキーの腰に抱きつくようにした。若い男は、ふんどしひとつの裸女につかまれて、さすがにドギマギした。その一瞬のスキに、ジーパンの尻から小型のケイタイを抜き取った香奈は、自由な足を使って、寝袋の中へ蹴り込んでいた。

「しっかりしろよ」

ハスキーは嗄《しわが》れ声で言うと、わざとらしく香奈のしなやかな腰に左手をまわし、右手でバストに触れた。結婚しても、子に恵まれない彼女のそこは、ピンとした張りがあった。

「ああ……やめて、やめて……」

今度も、大袈裟《おおげさ》に騒ぐと、ハスキーは仲間の耳を恐れたのか、慌てて彼女を突き離した。

「ふざけやがって！」

そう言うと、ハスキーは、白チンの瓶を手にしたまま、檻のような部屋を出ていった。

香奈は溜息《ためいき》をついた。

6

こうなれば一《いち》か八《ばち》かだ。

香奈は、手に入れたケイタイを使って、警察庁へ連絡をとろうと考えた。小早川のケイタイでもよかったが、彼はどこか南のほうにいるはずだ。そこはモチはモチ屋である。本庁へ連絡を入れるのが最善だった。

香奈は、寝袋の中へはいり、ケイタイのアンテナだけを外に伸ばした。

発信ボタンを押す。

「もしもし、こちらは小早川香奈です。誘拐されてビルにいます。ビルから北へ向かって一五〇メートルのところに、あさまやという電飾が見えます。ローマ字で。その中間に風見鶏の塔……以上です」

要領よく喋《しゃべ》った。

相手は、プロの捜査員だ。緊急事態ということはわかるから、よけいなことは言わない。

「了解。ほかには……」

と、問い返す。

香奈はもっといろいろ喋りたいが、万一、敵に気づかれると、軟禁場所を変更されかねないと思った。

「裸ですが元気はあります。ビルの中の檻です」

それだけ言って、電源を切った。

フーッと深い溜息をする。

〈さあ……今度はこのケイタイを、どう始末しましょうか？〉

いつまでも、未練がましく持っているとすれば、隠せるのは、しょせん、寝袋の中である。

〈見つかれば危険……〉

それを思うと焦《あせ》りが出てくる。

〈そうだわ、この中二階の下に池があるんだから、その中へ沈めれば……〉

と、思い立った。

しかし、それには難点があった。香奈は、その池の水が、透明なのか、そうでないかを直接、目で見ていない。

〈ケイタイが沈んでも、上から覗いて見えたら、それですぐに見つかってしまうわ。そうしないために……〉

香奈は、犯人の男の話を思い出した。

池の中に遊泳するのは、巨大な人喰い魚のようだ。それが本当だとしたら、香奈には、いい策があるのだ。

かつて、旅行評論家として、香奈は、南米アマゾンに旅をしたことがある。現地で、巨大なピラニアを飼っているレストランへ行った。そこでは、山羊《やぎ》の肉を、ピラニアに食べさせ、大きくなったところで、ピラニア料理を客に提供していたのだ。

その折、

「山羊には、したたる血を、いっぱいにふりかけてやると、ピラニアは必ず食いつきますよ」

と、現地の通訳が言っていた。

〈あれがいいわ〉

と、香奈は思った。

ここは一番、賭けに出るしかなかった。

香奈は、左の薬指のガード絆をはがして、せっかくとまった血を、ケイタイの上にしぼり出した。

そして、この血塗《ちまみ》れのケイタイを、檻の柵の間から、下の池へパッと投げ込んだのである。ドボンという水音。そしてバチャッ、バチャッと、巨大魚の泳ぎ寄る音がした。あとは静かになった。

香奈が、再び、溜息をついたとき、ハスキーが戻ってきた。

彼はウロウロし、池の中を覗いていた様子だった。が、何も発見できないとみえ、中二階への鉄階段を昇って来た。

「おい、ちょっと、寝袋から出てみろ！」

と言った。

「なんですか？」

香奈は惚《とぼ》けた。

「なんでもいい……」

ハスキーは、寝袋の中の、香奈の匂いを嗅《か》ぐようにしながら、手探《てさぐ》りしたが、そこには何もあるはずはなかった。

こうして香奈は、やっとの思いでハスキーを誤魔化して、外部との連絡をとるのに成功したのだった。

7

香奈からの電話を受けた警察庁では、ただちに、通報の内容を検討した。
まず、項目別に整理した。

1　どのようにして、小早川香奈は幽閉されながら、電話をかけることができたか？

2　裸で、ビルの中の檻にいる、と本人が言っているが、これは女性にとって、まったくの屈辱以外の何物でもない。人質の危険度は最大である。

3　幽閉されているのは、ビルの中だが、そのビルから北へ一五〇メートルくらいのところに、あさまやというローマ字電飾が見えている。その中間には風見鶏の塔がある。

このような状況がわかった。と、同時に、ＳＣベストのアイソトープ尾行《トレイル》をした亀尾警部からの連絡で、香奈のＳＣベストは、横浜港の取壊し中の倉庫内で発見されたとの報告を受けた。

この事実は、香奈の電話の内容と一致する。彼女は、裸にされて囚われの身になった。したがって、ＳＣベストのさまざまな機能は使えないのである。

だが、どうやって、連絡してきたかということより、大切なのはただひとつ。すみやかに、香奈を救出しなくてはならない。

これが警察庁側の大きな課題だった。

そもそも、この誘拐の原因は、犯人が小早川警視正の活動を邪魔するために、その妻である香奈をターゲットにした点にある。だが、小早川は、目下、影宗巡査部長と任務を遂《すい》行《こう》中であり、本庁としては、小早川の意見がどうであれ、独自に香奈を救い出したいところだった。

幽閉ビルから、北へ一五〇メートルくらいのところに、あさまやというローマ字の電飾が見えているというので、第一に、この電飾を捜したかった。そして、その中間点に〈風見鶏〉があるらしい。

まず、都内のビルで、〈あさまや〉という電飾をローマ字で出しているところはないか、それをチェックした。

都内電話のタウンページを調べて、広告代理店などこれはと思うところに照会した。

その結果、多くの〈あさまや〉が見つかったが、ビルの屋上などに電飾、それもローマ字の大きいのを出しているのは、そんなにないことがわかった。

チェックの俎上《そじょう》にのぼったのは、次の各会社だが、これらは、直接に捜査員が行って、そばにあるはずの〈風見鶏〉を見つけ出す必要があった。

株式会社　浅間屋製あん所……各種生あん、練りあん、製菓材料の本社と工場
あさまやユニフォーム……着やすく、働きやすく、美しく、をモットーにするユニフォームの専門店
亜佐間屋ウィークデイサービス……らくらく引っ越しの〝あさまや〟は50％オフ
浅間屋キャッシング……金額にかかわらず、親切、笑顔の全国組織

こうして、四つのビルが有力候補になったものの、捜査員が行ってみると、〈あさまやユニフォーム〉の電飾は小さくて一五〇メートル離れたところでは、とても見えにくいとわかった。

が、なによりも、近くに風見鶏の尖塔らしいものが見当たらなかった。

電飾としては、浅間屋製あん所と、浅間屋キャッシングは、大きいし、立派で、二、三〇〇メートル離れていても見える。そこでここに力を入れたが、やはり風見鶏は見つからないのである。

亜佐間屋ウィークデイサービスには、電飾があるものの、目下、修理中というわけで、これはアテが外れる結果になった。

捜査員の中には、

「電飾よりも、風見鶏を見つけたほうが早いのでは……」

といい出す者があった。

しかし、

「風見鶏なんか、タウンページにもないし、どうやって捜せばいいんだ」

ということになって、すぐに捜査は壁にぶつかったのである。

8

梨香は、苛立《いらだ》ってしまった。

〈私がもっと機転を利《き》かせれば、姉は、誘拐されることもなかったんだわ〉

なにしろ、一番、力になってくれるはずの小早川は、依然として、西日本方面から戻って来ていない。

〈私が悪いんだわ。しばらくは、姉のところにいてあげればよかったのに、勝手に帰宅してしまって……〉

と、しきりに、自分を責めるばかりだった。

そうして、何か情報をつかみたいと思い、〈ベル旅行社《トラベル》〉に出社せず、小早川の家で、思い悩んでいた。

するると、そこへ二人の男が訪ねて来た。

警察庁の亀尾警部とその部下の井上《いのうえ》であった。

亀尾は、相手が小早川夫人の妹だということもあって、非常にていねいに喋った。

「夏木さん。われわれは、目下、全力を尽くしているのですが……」

警部が、ちょっと喋り出しただけなのに、梨香は、

「姉のつかまっているところ、わかりましたか？……SCベストというのは、追跡できるというふうに聞いていますけど……」

と言った。

亀尾は残念そうに、

「いや、それがダメでした」

と答えた。

「ダメというのは……」

もう、梨香は、不安で不安で仕方がなかった。

「実は、犯人のほうが、あのベストの仕掛けに気がついたのですね。われわれが追跡した

ところ、横浜港のあるところに、ＳＣベストが捨ててあるのが発見されました」

「えっ。そんな……。そうすると、姉はどうなったのでしょう？」

むろん、梨香は、香奈が殺されたのか、と心配になったのである。

「いや、それはご心配いりません。お姉さま……小早川夫人は、衣類は剝《は》ぎとられたようですが、お元気です」

と、亀尾は言った。

「どうして、わかるんですか？　想像ですか？」

「そうではありません。夫人からご連絡がありました？」

「え？……どうして」

「その方法その他、不明な点はありますが、とにかく、奥さまです。そして、ご自分のいるビルの窓から、外をご覧になった様子を、お知らせくださいました」

警部の言葉に、梨香はホッとした。

「では、どこにいるか、わかったのですね？」

「ハッキリはしません。しかし、幽閉されたところから、北へ一五〇メートルくらいのところに、〈あさまや〉というローマ字の電飾があるということです」

「あさまやさん……いったい、どこにあるビルかしら？」

「ご存知ありませんか？」

「………」

「われわれは、手を尽くして、電飾広告を出している会社に当たってみました。しかし、該当しません、みんな……」

「どうしてでしょう？」

「電飾はあっても、それの付近に、風見鶏の尖塔……これがないとまずいのです。奥さまがハッキリ、そうおっしゃってますから……」

と、警部は言った。

「風見鶏？」

「はい。有名なのは、神戸《こうべ》にありますね、あの風見鶏です。なにしろ、幽閉されているビルと、電飾ビルの中間に、それがないことには、手がつけられません」

「それは困りますねえ。見落としではありませんか？」

思わず梨香は、失礼な言葉を言ってしまった。

が、警部は、むしろ、労《いたわ》るように、

「見落としはないと思います。どうしても、どこかに、この電飾と風見鶏のペアがあり、その延長上に、囚われのビルがあると思うのですが……」

と、言った。

「で、どうしたらいいんですか？」

梨香は訊いた。

「はい。これはご相談ですが、夏木さんは、旅行社のかたですし、いろいろ観光的な知識もお持ちです。あなたに、今、申しあげた情報をお知らせして、とくに風見鶏発見の手がかりをつかみたいと思いまして……」

亀尾の来意は、そのひと言に尽きるのであった。

9

そこで梨香の頭に閃《ひらめ》いたことがあった。それは半年くらい前に、〈ベル旅行《トラベル》社〉内部で、

「東京都内で新しい観光資源を開発したらどうか？」

というテーマが社長から出され、いろいろと論議された。

具体的に言えば、都内の名所というと、古くから有名な庭園とか、逆に新しい臨海副都心の施設など、すぐに浮かびあがる。

「それは平凡で、しかも、スペース、ルート的に言うと、非常に狭い。もっと、広範囲に見て廻るコースは考えられないか」

これが社長の意図だった。

その中で、梨香が提案したのは、〈東京の門〉とか、〈東京の散策道〉という形で、有名

無名の面白い門をバスで見て廻るのやら、あるいは、昭和初期からわずかに残るようなハイキングコースの復活などがある。

ここで梨香の頭に閃いたのは、参考データとして、いろいろ調べた中に、〈神戸にあるような風見鶏〉の見られる坂道……という項目のあったことだ。

「会社に来ていただけますか。そうすれば、風見鶏について、私どものほうが拾い出したデータがあると思うんです。結局、会社ではボツになった企画でしたけど、データは残っているでしょう」

梨香は、弾《はず》んだ声で言った。

「それはありがたいです。やっぱり、夏木さんに会えてよかった」

と、亀尾は、少し大袈裟なくらい、梨香に頭をさげた。

「お役に立つかどうかわかりませんし……それに、もしかすると、データがなくなっているかも……」

梨香は、最悪の事態を考えて言った。保存資料というものは、不思議に、あとで必要になるものが紛失し、いらないものがいくつも存在することを、彼女は知っていた。

「いやいや、そんなことはないでしょう」

と、亀尾は笑って応《こた》えた。

こうして、亀尾の部下の一人も加えて、三人で小早川のマンションを出て、〈ベル旅行社《トラベル》〉に向かった。

梨香の会社は、半年前に引越し、今では、銀座《ぎんざ》の三越《みつこし》デパートの裏手にあるビルの一、二、三階のフロアを占《し》めている。窓口というのは、一階二階で、三階が社長室と資料室などであった。

梨香は、亀尾警部らを、同じ三階にある小さな来客応接室に待たせ、自分ひとりで、資料を調べ始めた。この作業は約一五分ほどかかった。

梨香は、社用の大型封筒二つを、抱えて応接室に戻った。

「心配したとおりでしたわ」

亀尾の顔を見ると、すぐに彼女は言った。

「どうしました？」

警部の表情に、不安の色がよぎった。

「うちがこのビルへ引越してくるとき、前のビルで、不要書類の廃棄をしたんです。風見鶏の件は、半分くらい使いものにならないと捨てられてしまっていました。ただ、私のメモに近いものが……」

と、梨香は言った。

「あることはあったのですね？」

「これですけど」

「拝見します」

「どうぞ。ここにメモしてあるのが、一〇ヵ所の風見鶏です。私の知っているかぎりでは、三二ヵ所にあったんです。むろん、観光に耐えうるような大型ばかりですけど……」

と、梨香は言った。

「一〇ヵ所……それでもありがたい。こういう風景は、すぐに調査できるわけではないですから……」

と、亀尾は嬉しそうだった。

「でも……ちょっと待ってください。このうち、半分くらいは、現在、見られないもの、移設したものがあるんです。私の記憶にあるのは、五ヵ所くらい……これは大丈夫でしょう」

「夏木さん、これ、コピーしていただけますか？」

「いいですけど……それより、私のところで一気に調べてしまいましょう。姉のことですから、私がやれるだけやります。ここに電話番号も記入してあるでしょう……。ですから、そこへ電話をかけて、風見鶏のある近くに、電飾で〈あさまや〉というのがありますかと訊いてみますから」

と、梨香は申し出た。

この勢いに、亀尾は、

「そうですか。それはありがたい」
と言った。

10

まったく、このときの梨香の迫力はたいしたものであった。警察庁の捜査員も顔負けという感じで、テキパキと、処理していったのである。

五カ所の風見鶏の建物管理人（兼所有者）へ電話をかけたところ、三カ所は、

「近くには、電飾のあるビルはない」

という返事だった。

この〈近く〉というのは、一五〇メートルの半分くらい、それも北の方角という指定があるので、調べるのはやりやすかった。

残りの二カ所は、

「電飾のあるビルはあっても、〈あさまや〉ではない」

という、ハッキリした返事だった。

ひとつは、〈ハイパー〉というコンビニであり、もうひとつは〈綾正《あやまさ》〉という、綾織《あやおり》のシルクを専門に扱う会社の本店だった。

「ダメですか……。そうなると、捨てられたデータの中にあったのかもしれませんね」

と、亀尾警部は、がっかりして言った。

「すみません。あとで、社員に訊いてみます。もしかすると、プライベートにデータを持っている者がいるかもしれません」

梨香は頭をさげた。

「よろしくお願いします。なにしろ、手がかりは、お話ししたとおりですし、小早川大人の状況は、非常に苦しい形ですから、もう一刻の猶予《ゆうよ》もないと言っていいでしょう」

警部は重々しく言った。

「……困りました。そう言われると、私も……どうしていいのか……」

〈あとで〉と、言った自分の言葉を、梨香は恥じた。

〈お姉さまが、裸にされているなんて……〉

想像するだけで、身の毛がよだつ。

最近の世相は、女、子供が被害者となる犯罪が多い。そして、簡単に、斬《き》ったり撃《う》ったりする。

〈もし、お姉さまが、これで死んだら、私も生きてはいられない〉

梨香は、そんなふうに思い詰めた。

「あの……」

「なんですか？」

と、警部は訊いた。

「小早川さんとは、連絡がとれたのでしょうか？」

「とれましたが、実は、フェリーの中にいるので、すぐには戻れないようです」

「戻れば、今回の捜査に……姉捜しに参加できるのでしょう？」

梨香は訊かないではいられなかった。

「できますよ、それは……」

「ありがとうございます」

「では、このデータをいただいていいですか？」

と、警部は〈ハイパー〉と〈綾正〉の名を書き添えた風見鶏二件のメモに手を出した。

「はい。どうぞ」

梨香は、そのメモをじっと見詰めながら、警部に渡そうとし、急にその手を引っ込めた。

「あっ」

と小さく叫んだ。

「どうしました？」

「あの……待ってください」

梨香は、ボールペンで、そのメモの端《はし》に、ＡＹＡＭＡＳＡ……とローマ字で書いた。

「姉は、ちらっと見ただけでしたね。それなら、この左から普通に並んだローマ字を裏から見ていた場合、どうなります？」

梨香の言葉に、亀尾が不意に大きな声をあげた。

「ああ、ＡＳＡＭＡＹＡ……あさまやとなりますね」

「わかりました。姉は、〈綾正〉の電飾を、一瞬、ウラから見てしまったんです。〈Ｓ〉だけは、裏返っていたはずですけど、風見鶏が重なって、よく見えなかったか、見えたにしても、Ｓと逆Ｓは間違いやすいわ。警部さん、これですよ、この〈綾正〉本店から南へ一五〇メートル……そのビルに姉は、囚われの身になっているんです」

自分でもびっくりするくらい大きな声で、梨香は言った。

危うく見逃すところだった電飾の謎。もしこのとき、彼女が〈綾正〉のローマ字綴《つづ》りということに気がつかなかったらどうだろう。〈綾正〉と〈浅間屋〉ではまるきり違っている。しかし、日本の商店には、漬物《つけもの》で有名な〈樽正《たるまさ》〉などという店もあるのだ。

「夏木さん、たしかにそうでしょう。これからすぐに行きますよ、現地へ……」

亀尾警部は言った。

「あの……私も、姉の着る物を用意して、ご一緒に行ってよろしいですか」

夢中になった梨香は、警部の了解を求めた。

「普通なら困るんですが……ま、いいでしょう。今回は、夏木さんの助言があったので、こんなに早く重大なことがわかったわけですから……」

警部はそう言って許してくれた。

梨香は嬉《うれ》しかった。

だが、それはあまりに早すぎた喜びだったのである——。

第五章　ダンサー梨香《りか》

1

徳島から東京へ向かったオーシャン東九フェリーは、この日の朝早く東京FT《フェリーターミナル》に着いた。

部下の影宗とともに、玉山産業の林華麗社長の一行と乗用車を監視している小早川警視正は、不安を隠しきれなかった。

それはこの尾行劇のことではない。この仕事については、すでに覚悟をしているし、それなりの計画に基《もと》づいているのだ。

計算外だったのは、妻の香奈が何者かに、誘拐されたことだった。犯人が、新地銀行の資産隠しに関係しているのは明らかである。要するに、小早川が、その問題から手を引くようにと、強要しているからだ。その意味するところは非常に複雑で、表面に出ていることと、出ていない点がある。

とにかく、小早川は、

〈できるだけ早く、香奈を救出してやらないと……〉

と、胸を痛めていた。

その前に、やるべきことはやらなくてはならない。東京FTに着くと、森谷のぞみを助手席に坐らせ、いかつい顔の運転手がハンドルを握る華麗の車は、勢いよく走り出した。

小早川は、事前に船舶電話を使って本庁へ連絡し、尾行がばれないよう、新たな警察庁の車を、東京FTにまわしてもらっておいた。

ドライバーの隣りには、影宗巡査部長が坐り、小早川は後部座席にいた。

「どこへ行くんでしょうね？」

前方の車が、湾岸道路にのったのを見て、影宗は、後ろを振り返った。

「南らしいね。湾岸の南は、まだ工事中だが、横浜のベイブリッジのところまではゆけるわけだ……」

「横浜港ですか？」

「さあ、それはわからない。さらに南下するためには、横浜横須賀《よこすか》道路にのるのかもしれないし……」

小早川の頭に、さっと閃《ひらめ》いたのは、横浜市と横須賀市の境にある追浜《おっぱま》。そこには、日宝自動車のトライアル・サーキットのほか、輸出用車両の仮置場がある。

〈何か、あれと関係があるのかも……〉

そう思ったものの、口には出さずに、じっと腕を組んだ。

みるみるうちに、車は川崎市からの市境を越えて、鶴見《つるみ》区の大黒《だいこく》町から、高速の周回ループのそばを通って、ベイブリッジにさしかかった。

右手前方に、今、横浜で発展しつつある、みなとみらい21地区が見えてきた。

ランドマークタワーから、クイーンズスクエア横浜の三つのビルが、階段状に大空に聳《そび》えている。

「あ、車、おりますよ」

と、影宗が叫ぶように言った。

前方の目標の車は、スピードをおとして、山下埠頭におりるコースにはいっていた。そのコースの先は、本牧埠頭まで続く、宏大なエリアである。

「やっぱりここか。日宝自動車が、輸出用の車を、ここに一〇台ほど結集していることはわかっていた」

と、小早川は影宗に言った。

「一〇台だけ？　妙にすくないですね、最低、数百台くらいが普通だと思いますが……」

影宗は首をひねった。

「台湾向けの、高級乗用車らしい。ある新進政党のトップ用だと聞いている。パーディという車……知っているだろう？」

「ええ、凄《すご》い高級車だという話ですね」

「そうです。日宝自動車が、台湾に特別の販売ルートをつくるために、記念贈呈するのかもしれない。むろん、表面的には、普通の売買の形だろうけど……」

こんな話をしているうちに、車はいつの間にか、山下埠頭を通過していた。

「やっぱり、本牧のどこかですね？」

と、影宗が言った。

このとき、小早川の頭の中に、ひとつのアイデアが閃いた。

「影宗君」

「はっ」

「車のスピードをおとして……いや、いったん、このへんでとめてくれませんか」

小早川は言った。

影宗は、それに従うよう運転手に告げた。

2

車の中から小早川は、フロントガラスの一角を指し示した。

「例の車は、あの野積み場の方へ行ったね？……あそこにシートをかけた車がある。……こうしてみると一〇台の車じゃないか」

たしかに、小早川の言うとおりであった。林華麗の車は、その近くでとまり、中から人影が出てきた。

「ここへ来るのが目的だったんですね？……輸出用の車が一〇台……。いったい、なんでしょうか？」

「考えられることは、あのバーディだ。特別仕様で作られたもので、一般販売とは別枠になっているけれど、あの車が外交ルートに近い特殊な形で輸出されるとなると、中に何か極秘の積み荷が入っている可能性はある」

と、小早川は言った。

「ありますね」

影宗は大きく頷《うなず》いた。

「せっかく、ここに来たんだ。なんとかして、船積みされる前に、チェックしてみたいな。第一、あの連中も、チェックするつもりで来たのじゃないか……」

言いながら、小早川は、携帯用の双眼鏡を出して、一〇台のバーディへピントを合わせてみた。

「そうですね。……二人、三人……四人……あ、別のところから、担当らしい人間が出てきて、社長を案内していますよ」

と、影宗は呟《つぶや》くように言った。

「なるほど、シートのフロントガラスを覆《おお》う一角が、覗《のぞ》き穴となっていて、そこから車の様子が見えるらしい」

「そうですね」

「よし。影宗君、連中は、チェックが終われば、いったん引き揚げるだろう。これ以上、尾行する必要はない。われわれも、あのバーディを調べればそこまでだ」

「わかりました」

影宗も、小早川の内心を察したようであった。

小早川としては、香奈の安否が大きな負担になっているのだ。

「しばらくして、このそばを連中が通って、引き揚げてゆくはずだ。車を少し移動して、脇の通路へ入れておくように……」

と、運転手に言った。

「はい」

と、応《こた》えて、たちまちのうちに、覆面の警察庁車は、大きな野積み場のコンテナの陰にはいった。

それから一五分くらいして、あの黄夫人たちを乗せた車が、ゆっくりと、スタートし、小早川らを無視して、すぐさま、高速道路の方へと走り去った。

「行きましょう」

と、影宗が声を出した。

「よし、車はここへおく。さ、出るぞ」

と、小早川は言った。

運転手の警官一名を車内にのこした二人は、忍者よろしく、腰をかがめ、周囲の視線を避けつつ、目標に向けてスタートした。

先頭は影宗だった。小早川は誘導されつつ、バーディのそばに近寄った。さいわい、人の目はなかった。

港湾の埠頭というところは、機械工場に似ている。人手のいる特殊作業のときは、大勢の労働者も出動するが、あとはコンピュータ操作によるガントリー・クレーンとか、自動のリフトなどが働いており、人間の姿は見ることが少なくなっている。これが最近の港湾風景である。

影宗は、片端から、シートの一角をめくっては、小早川が、バーディの車内を覗けるようにした。

一〇台の車、すべてをチェックするのに、七、八分あれば充分だった。

「何もありませんね」

と、影宗は言った。

「そのようだが……」

小早川は、釈然としなかったが、現実は不審なものを、何ひとつ、発見できなかったのである――。

3

こうした紆余曲折《うよきよくせつ》を経《へ》て、小早川はやっとの思いで、妻の香奈を救い出すための警察庁のパーティと合流できた。

そのパーティには、義妹の梨香の姿もあった。

「小早川さん、もうお姉《ねえ》さまのいらっしゃるところがわかりました。〈綾正商会〉のビルと、風見鶏の避雷針を結んだところなんです……」

梨香は、一分一秒も遅れないようにと、性急に図面を見せて、香奈の幽閉先を説明した。それは、かつて、奇妙なレストランが営業していたビルで、その名を〈トロピカル・レストラン〉と呼んだ。

ただ、現在、そこには電話もなく、レストランは売却され、所有者も変わり、ビル全体は三日前に閉鎖されたばかりということであった。

小早川が、問題のビルに踏み込もうとするパーティに合流したのは、一団が警察庁の庁舎を出るときだった。

〈トロピカル・レストラン〉は、暴力団系の経営者だったという情報があり、一同は緊張しつつ、目的のビルに向かった。人員輸送車で二〇名、パトカー三台、覆面パトカー二台、バイク三台など、合計三〇名の担当者が、警視庁刑事とともに、合流して救出作戦を決行することになった。

目指すビルの周辺には、事務所系が多く、すぐ隣接のビルは、二階から上にテナントがないため、ガランとした印象が否《いな》めなかった。

「ビルは閉鎖されているはず……」と、現在の持ち主、安川貫太郎《やすかわかんたろう》が言うので、彼に合鍵を用意させた。

梨香は、姉の香奈が、ヌードに近い状態にされていると推測して、着替えの衣服をスーツケースに入れて持つという念の入れ方であった。

妻の身が、自分のためにピンチにさらされたということは、小早川が一番、胸を痛めた事実だった。

ビルの錠が開かれ、安川は、いったん、一同の最後尾にさがった。内部《なか》から、何がとび出してくるかもわからないためである。

一階のドアが開き、一歩、ビル内に足を踏み入れたとき、小早川は、プーンとした生臭い匂いを嗅《か》いだ。

〈大きな水槽の中に、魚がいるのかもしれない〉

と、直感したのである。

が、それは間違いだった。

一階には、巨大な水槽があった。たしかに深さが三メートルもある広々とした設備で、レストランだったころは、この水槽に、トロピカル・フィッシュが、たくさん、飼われていたものらしい。しかし、現在では、水が抜いてあり、巨大な円型ドームのようになっている。

ここにいた連中は、相当、急いで退去したとみえ、水槽の底には、巨大な赤エイのようなものが、死んだまま、放置してあった。

「いないぞ」

「二階以上を捜せ」

「いや……地階があるようだ」

はやりにはやった捜査員は、上へ向かう者、下を目指すものと二手《ふたて》にわかれて動き出した。

小早川は階段を昇った。

一階から見て、すぐに気がついたのは、中二階になった一角には、鉄格子のはまったところがあり、小早川はそこが臭《くさ》いと見当をつけたのである。

しかし……すでに裳抜《もぬ》けのカラというべき状態だった。

「しまった！　もう移動したか……」

小早川は悲痛な叫びをあげた。

どうやら、香奈は、もう一歩のところで、犯人一味に次の場所へと、移動させられてしまったようだ。

「お姉さまは？」

と、梨香は、小早川の判断を求めた。

「ダメですね、まったく白紙状態にかえりました。残されている缶ジュースやビンの内容……それから、生活の匂いのする靴あとの泥……それらを総合すると、一〇時間は経《た》っていないと思うけど、もう、ここを離れてから五時間は経過していますよ」

と、小早川は、しゃがみ込んでいった。

「次に打つ手はどうなんでしょう？」

と、梨香は、涙声で言った。

小早川はそれに対して、

「このビルを徹底捜査して、手がかりをつかむだけですよ」

と、応えた。

4

香奈は、救出の手がはいる直前に、いずこかへ、犯人たちに連れ出されてしまったのである。

こうなると、梨香には打つ手がない。

〈ああ……焦《じ》れったいわ。なんという後手後手のやり方なの。小早川さんが、すべてのことをおいて、お姉さまを助けるために動いてほしいわ〉

残念だった。自分が捜査員なら、どしどし警察の組織を使って、香奈の行方を捜すのに、と考えたりした。

もっとも、梨香が苛立《いらだ》つ間、小早川としても、ぼんやりしているわけではなかった。

このビルの周辺で、ビルに出入りした人物や、横付けの車を見た市民、一人一人から、ていねいに聞き出し、集まった多くの情報を分析し始めたのだ。

彼らが、香奈を連れ出し、このビルから脱出したのは、白昼の出来事だったらしく、それだけに目撃者はいたのである。

その一人は、

「……妙な車が、ずーっと、人気《ひとけ》のないビルの出入口のところに駐車していましたよ」

と、黒塗りのセダンタイプの国産車が、来ていたというのである。

小早川はその証人の一人に会ってみた。ある会社で、経理を担当していた男である。この人物の職業が、経理マンだったことは、目撃情報に真実感を与えた。

「車のナンバーを覚えていますか？」

と、訊くと、彼は、

「太い数字のほうは671×だったのは、間違いないです」

と、ハッキリ証言した。

長年、経理をやっていたので、数字には明るく、暗記力は抜群なのであった。

そこで、最初は、このナンバーの車探しに精力を集中した。というのは、自動車ナンバーは陸運局でコンピュータ管理されているので、数字から推《お》してゆくのが、一番確かだったからだ。

すぐに各陸運局の同ナンバーが拾い出され、その車がどこにいつごろ、存在したのかを、洗い出すことになった。

すると、横浜ナンバーの乗用車で、該当のものがあった。しかし、これは一週間前に盗難にあっていた。

〈そうか。犯人は、盗難車を利用しているグループか……〉

小早川は、若干、がっかりした。ほかにも車が関与していそうなのに、こちらはナンバーが不明という有様だった。

そうした中で、直接、〈怪しい人物〉に接触をした者がいた。

東西《とうざい》大学文学部の水谷紀代子《みずたにきよこ》という学生は、問題のビルから三つ目の、女子専用マンションに住んでおり、男女の見なれない二人組が、ウロウロしているのと、行き合った、と証言していた。

水谷紀代子は、夕方、怪しい男が、女に話しかけ、二人は、問題のビルのほうを、何度も見ていたという。男女とも、タバコを吸っていたので、二人の火の赤さが、夕闇に浮かんでいるのが目に焼きついているとも、証言している。

もっとも、怪しいのはこの二人だけではなく、彼女が目撃したのは、もっと直接的なシーンもあった。

二回目に、怪しい男女を見たとき、そばに黒塗りの車が駐《と》めてあったけれど、ナンバーは覚えていない。

しかし、ビルの内部から、帽子をかぶり、マスクをした女性が、コートの襟《えり》を立てて出てきたのを目撃したのだ。

男のほうが、変なコートの女を車に乗せ、その場を立ち去っている。

ほんの一瞬だが、紀代子の見たのが、香奈の姿である可能性はあった。

その後、カップルの男女のうち、車に乗らなかった女は、水谷紀代子の方に近づいてきたという。

「スミマセン……ライター、アリマスカ？」

と、女は訊いた。

「え？」

紀代子は、タバコを吸わないので、マゴマゴした。

「タバコニヒヲツケタイ」

と、彼女は言った。

それは明らかに、日本人のイントネーションではなく、どこか中国人か、アジア系の人物に思えた。

けれども、紀代子はその女の躰《からだ》全体に、殺気のようなものを感じたので、慌《あわ》てて、自分のマンションに走り込んでしまったという。

小早川が入手した情報は、このくらいのものだった。つまり、香奈の行方は、まったくわからなくなってしまったのである。

5

しかし、このあと、影宗を伴《ともな》った小早川の必死の捜査は厳《きび》しかった。

彼は、香奈を乗せて走り去った盗難車の先導をしたとおぼしい一台の車のあることを、目撃者の証言から聞き出した。

ただし、実際にその車が、〈先導〉だと言い切るには具体的な根拠はなく、いっさいは情況証拠だったが、とにかく、車のナンバーが割れた。

そのナンバーの車は、大阪・曽根崎《そねざき》にある玉山産業大阪支店に所属するものとわかった。すぐさま、小早川と影宗は大阪に飛んだ。香奈の身柄を、大阪に運んだ疑いが濃厚になった。

大阪に着いた小早川は、近畿《きんき》管区警察局に立ち寄り、玉山産業大阪支店周辺における関係企業の情報をもらった。

それによると、同店より東に一キロのところに、〈ダンシング・プリンセス〉という大きなビルがあり、そこが実質的に、玉山産業がオーナーとなっているとわかった。

事情通の警察官の話では、

「ビルは五階建てで、全体がパブや昔のキャバレーのような各種の営業をやっているんです。最近は悪い噂《うわさ》もあるので、内偵を進めている段階なんですが……」

と言う。

「悪い噂とは？」

小早川は訊いた。

「セックスサービスの露骨なところが、最上階……つまり五階と、地階にあるんですよ。しかし、うっかりした手入れはできないので、大阪府警のほうと検討を進めているのです」

と、担当警部は言った。

「どうしてですか？」

小早川はさらに訊いた。

「最上階は、玉山産業関係のVIPサービスをしているらしいのです。ですから人数的には少ないようですが……このビルの屋上はヘリが着ける防災構造になっているわけです。そこで一階から突入しても、五階に着くまでに、ヘリで逃走するという可能性が高いわけで……」

「なるほど、香港やシンガポールなどには、そういうビルが多いということは聞いていますよ、それなら、地階はどうですか？」

と、小早川は質問した。

香奈が幽閉されているとしたら、地下の牢獄のようなところが考えられるのだ。

「それなんです。三ヵ月前に、地下での売春行為があるというタレコミに、踏み込んだのですが、こちらの目指す売春婦《おんな》はいないし、二人ばかりの多少、露出度の高い着衣の女、それに二人の客だけということで、失敗しました。張り込みで五人以上の客をカウントしてあったんです」

と、警部はぼやいた。

「どうしたわけ？……それは……」

小早川は眉をひそめた。

「逃げられたんです」

「どうして？」

「不思議なことで……。信じられません。多分……」

「……？」

「地下のどこかに、抜け道がつくってあるんでしょう。最近は、そうした装置を巧みに作ったやり方が、広くおこなわれているわけです。われわれとしては、あのビルを東西南北から、隣接ビルの地下のチェックによって、包囲しながら、抜け道を探っているところです」

「いつごろになると、その作戦は完了する予定ですか？」

小早川の目に苛立《いらだ》ちの色が浮かんだ。

「あと三週間あれば……」

と、警部は、力なく言った。

小早川が一分一秒でも早く、それを実現したいと思っているのは、わかるのだが、犯罪の嫌疑のないビルへ立ち入るためには、それなりの準備が必要なのだ。

〈ダメだ。間に合わない……〉

と、小早川は首をふった。

「一番いいのは、誰か、しかるべき人物を、あそこの従業員として潜入させることなんです。ところが、先方は、実によく、こちらの手のうちをしらべていますから、男はダメです。さりとて、女性には適任者がなくて……」

と、警部は最後に言った。

「女性なら、うまく潜入できそうな口《くち》がありますか？」

「あります、それはダンサーです。なにしろあそこは多角的経営をしているので、絶えず新人ダンサーを募集しているわけです」

「そうですか。ではダンサーの資格は？」

「容姿《ようし》端麗《たんれい》で躰がいいこと……」

「踊りは？」

「店のほうで仕込むから、すぐ踊れなくていいというんですが、ひとつ、大きな条件をつけています」

「どんな？」

「信用できる身許引受人のあること……これがうるさいのです。ま、当然でしょうが

「……」

「わかりました」

小早川は近畿管区警察局を出た。内心に、ひとつの決意を持って……。

6

ある種の企業の関係者の間では、日本人よりも外国の人間を信用する風習がある。それをまた逆用するのが、場合によっては有効な手段ということはあるのだ。

小早川は、常日ごろから、台湾人の劉清義《りゅうちんぎ》という人物と親しくしていた。が、親しいといっても、表面上は、むしろ、敵対に近い関係にあると思われている。これは双方にとって、秘密の情報をとりやすいことだった。

親日家の劉は、同時にまた、台湾人及び台湾系の各種企業に協賛しているのである。

すぐさま、東京に戻った小早川は、都内某所で、密《ひそ》かにこの劉清義に会った。劉は、年齢五十六歳、しかし、白髪白髯《はくぜん》の風格のある人物だった。

「いつものことながら、また、先生にお願いにあがりました」

と、小早川は切り出した。

「何事です？」

劉は、特上の中国茶を、小早川のために注文してくれていた。

「実はプライベートなことですが……。私の妻が、玉山産業の一味に誘拐されたのです。しかし、確たる証拠がつかめないで、救出作戦が立ちません」

と、小早川は緊張した顔で言った。

「どこに幽閉されたか、それも不明ですか？」

と、劉はすぐ訊いた。

「大阪の〈ダンシング・プリンセス〉というビルらしいのですが……。それを確かめるために、一人の女性をダンサーとして潜入させようと思います」

「なるほど。しかし、困難な行動ですね。下手《へた》をすると、虻蜂《あぶはち》取らず、ということになりませんか？」

「それは避けるつもりです。その女というのは、妻の妹です。本人も度胸はあるし、姉妹の情愛があるから、必ずやりとげてくれると思います」

「わかりました」と劉はかすかに微笑した。

「相手にこの妹さんを信用させるため、私に身許引受人になってほしい、というわけですね」

早くも、小早川の気持ちを察してくれた。

「はい、そのとおりです」

「よろしい。だが、私が直接に身許引受人をしてしまうと、バレたときに、もう私は次ができない。それより若いけれど、活動家の員陳水《いんちんすい》という者の名を使ってください。それでいいでしょう」

「むろん、オーケーです。ありがとうございました」

これで、身許引受人のメドがついた。

小早川は、このあと、経緯を説明し、梨香に話をつけるため、その夜のうちに、彼女のマンションを訪ねた。

電話で約束《アポ》をとりつけておいたので、梨香は自宅で待っていてくれた。

「すみませんね。無理なお願いをきいてもらおうと思って来ました」

と、小早川は、彼女の顔を見るなり、頭をさげた。

「どうしました？　なんのことかしら？……お姉さまは？」

梨香は、取り乱したような反問を、次々に口にした。

「問題は、香奈の救出です。でもそのためには、虎穴《こけつ》に入《い》らずんば虎児《こじ》を得ず……ということなんです」

小早川はじっと梨香を見た。

「え？」

「香奈のいると思われるのは、大阪市内にある〈ダンシング・プリンセス〉というビル内ですが、内情がまったくわかりません。できれば、その中へはいりたいのですが、そのためには、〈D《ダンシング・》　P《プリンセス》〉のほうで募集しているダンサーとなってはいるのがいいとわかりました」

「ダンサー？……私、ダンスはできますが、社交ダンスだけで……」

と、梨香は言った。

「わかっています。そのほうは、採用されれば、向こうで教えてくれます。ただ、信用できる身許引受人がいないとダメです。それを、員陳水さんという台湾の方《かた》がやってくれます。ここで、梨香さんさえ、オーケーといってくれれば、すぐに陳水さんに会ってもらって、顔をつなぎます。あなたは、陳水さんに書道を習っている生徒だということにします」

「まあ……それは……。小早川さん、私、姉を救い出すためなら、どんなことでもしますわ、お約束します」

と、梨香は、こうして危地《きち》に乗り込む決意を表明したのだった。

7

梨香は、大阪市内天王寺《てんのうじ》のあるマンションの一室で、員陳水に会った。むろん、小早川が立ち会って、陳水の人柄も理解した。彼は、劉清義に師事している日台友好の人物だった。

「……いちおう、私が話をしたように、数年前から書道を習っていたことにしましょう。しかし、生活のために、ダンサーになりたいというので紹介する、という説明にします。あなたが何かほかのことを喋《しゃべ》ってしまっても、私はそれに調子を合わせますから、まず、疑われることはないと思います」

陳水は、丸縁眼鏡《まるぶちめがね》の奥から、鋭い視線を梨香に投げていた。

人を見る目のある小早川は、

〈員という男は信頼していい〉

と、判断した。

員に紹介状を書いてもらった梨香は、小早川とともに、そこのマンションのすぐ近くにあるコーヒーショップにはいった。デイト用専門の店で、カップルが二人だけで時間を過ごせるような小部屋が並んでいた。

秘密の話をするには、ちょうどいいムードだった。

注文《オーダー》したコーヒーが来て、ドアを閉めるともう二人だけの世界だった。

小早川は言った。

「それでは、このあと、あなた一人で〈DP〉へ行ってもらいます。いいですね。会社のほうはどうなっているか、念のために教えてください」

「一週間の有給休暇をもらってあります。インドネシアへ旅行すると、社長には断わっておきました。私って、日ごろ、あまり休暇をとらないから、『好きなひとができたの？』なんて訊かれましたけど」

「で？」

「かもね、と言っておきましたわ」

「いいでしょう。とにかく、勝負は早くつけましょう。一日一回、ケイタイで、私の自宅へ電話してください。応答なしですが、留守番サービスに着信しているかぎり、無事と判断します」

と、小早川は言った。

「よろしくお願いします」

「あなたは、とにかく、香奈の囚《とら》われているところを確認したら、ぐずぐずせずに、たとえダンサーの服装であっても、〈DP〉を飛び出して、斜め向かいの理容店〈バーバー・ナイアガラ〉へはいりなさい。あそこのマスターは警察庁のOBで、もう一人の従業員は、大阪府警のOBです。必ず、守ってくれます。私が話をつけておきます」

「そうなんですか。だったら、安心です。不安がぐっと減《へ》りました」

と、梨香は嬉《うれ》しそうに言った。

れますよ」

「ま、あなたはしっかりしているから、いいけれど、あまり、しっかりしていても、疑われますよ」

と、小早川は言った。

「うまくやるつもりですけど……」

梨香は応えた。

「それから、今まで何をしていたと訊かれたときは、家は東京だけど、書道という芸術に夢中になって、ここ数年、員先生のところでご厄介《やっかい》になっていたと言うんです。そして、これまで仕送りしてくれた父親が死んだので、ダンサーとして働くことを決心した……と」

小早川は、そこまでの筋立てを考えてくれていた。

「はい」

梨香は応えた。

「私は、これから近畿管区警察局で待機しながら、情報を集めます。いろいろと部下と接触する必要があるんです」

小早川の言葉に梨香はハッとした。

「部下というと、あのフェリーで一緒に戻られた、影宗さんのことですか？」

「ハハハ……」と、小早川は、かすかに声を立てて笑った。「それもありますよ。そればかりではなくて、ほかに大切な人が一人、二人、いるんです」

謎めいた小早川の返事の内容を、梨香は理解できなかった。

「いろいろと大変なんでしょうね？……私、台湾に旅行中から、小早川さんにお会いしたら、伺《うかが》おうと思っていたことがあるんですけど、なかなかチャンスがなくて……」

〈台湾〉と聞くと、小早川はなぜか強い口調で言った。

「それは香奈が無事にもどったら、ということにします。梨香さんも、油断してはいけませんよ。ちょっと辛《つら》い経験をするかもしれませんが、少しのことくらいだったら、辛抱《しんぼう》してください」

と、小早川は言ったのである。

8

さまざまな経緯《いきさつ》の末、梨香は、員陳水の紹介状のみを持って、単身、〈DP〉に乗り込んだのである。

本当は、護身用の武器を借りて、それを持ってゆこうと考えていたのだが、小早川が、

「無防備でゆくほうがむしろ安全なんですよ」と、話していたので、梨香は覚悟せざるを

えなかった。

〈いざ、というときは、道路ひとつ反対側の理容店へとびこめばいいんですもの。大丈夫だわ〉

と、自分自身に言いきかせた。

これが結果的には、よかったことが、じきにわかった。

〈DP〉ビルの一階裏口へはいると、事前に電話したときの約束どおり、応募ダンサー担当の若い男が待っていた。

「さっき、お電話した小川《おがわ》かりんですけど」

と、梨香は、自分でつけた偽名を名乗った。

「小川さんね。待っていましたよ、さ、こっちへ」

と、目つきの悪い男が、歯を剝《む》き出すように言った。

梨香は、なんとなく、ゾッとした。嫌な予感がした。

しかし、その感情を隠し、あたりを見廻し、香奈のことに、少しでもかかわるようなものを見つけようとした。

「どこへ行くんですか?」

「五階です」

と、男は、よけいなことを訊くな、と言わんばかりであった。

こういう水商売的なところの人員補充は、いつも随時に一人、二人というふうにして採用することが多いのだ。

エレベーターに乗せられた。強いハバナ葉巻の匂いがした。ごく最近に、葉巻を吸う人物がここに乗ったのだろうか。

五階に着くと、男が梨香の背を突くようにして、そこでおりた。

廊下の一番北側の外れの部屋に連れ込まれた。

窓にはブラインドがおりている。そのために昼間でも、室内は暗く、蛍光灯が二基、灯《とも》っていた。

「ここで待って……」

男はすぐ出て行った。

ホッとした梨香は、あたりを見廻した。壁側にシングルベッドがひとつ。反対側には、二段ベッドが二基、合計五人が泊まれるように、毛布や枕も用意されており、クローゼットが五人分あった。

〈ここはきっと、誰かの泊まり用だわ。それにしても、ほかにあるのは……〉

と、見廻すと、大きな姿見のような鏡台もある。

〈こんなところでどうするつもり？〉

ダンサー見習いなど、どうせ、待遇のいいわけはないが、梨香は首をかしげた。ひとまず、背負って来た下着入れのナップザックをおろした。

と、そこへドアがあいて、先刻の男と四十がらみの小肥《こぶと》りの女がはいって来た。

「この女なんだ。小川かりんというが、本名かどうかはわからんけど……。とにかく検査して」

と、男は言い、自分は、姿見鏡台の脇にあった小さなスツールに坐った。そして断わりもなく、梨香のザックの中をあらためた。そこには、員陳水の紹介状もはいっている。

「さ、あんたは着ているものを全部脱いで、このベッドに横になるんや」

と、女は言った。

この女は、安もののタバコの匂いがした。

「脱ぐんですか？」

梨香はびっくりして訊いた。

「全部よ、スッポンポンになって、ここに寝るだけ……。あとは私が、ダンサーにふさわしい筋肉があるかどうか……、それと、あんたが肉ポケットの中に、危険なものを持って来ているといけないから、それをチェックするんよ」

「肉ポケット？」

「女の躰には、ポケットがついているやろ」

「危険なものって？」

梨香は訊いた。

「はじきとか……」

「そんなもの……ありません」

「入れとらん?……じゃ、ヤクは? この間の女は、ビニール袋に入れて、体内に隠しとったで……」

「麻薬なんか、持っていません」

「フフフ……。ここは申告制やない。女の私が女をチェックするんだから、警察もうるさいことは言わん、思うよ。まして……これでも大学の医学部を中退しとるんや……」

女はまた笑った。

こうして、有無を言わさずに、梨香の身体検査がおこなわれた。口の中から、股の間まで。が、結局、わかりきったことだが、怪しいものは、何ひとつ出てはこなかったのである。

9

梨香が〈DP〉に、ダンサー見習いとして潜入したとき、肝心の香奈はどうしていたか。

彼女は、地下の一室に軟禁されていたのである。

東京の暗い奇妙なビルの中二階にいたところとは、二つの点で待遇が異《こと》なっていた。あのときには、全裸に近い恰好《かっこう》で、寝袋《スリーピングバッグ》の中に押し込まれ、そのうえ、両手錠をされているという哀《かな》しい姿だった。つまりは女囚と異ならなかった。

けれども、新しいところに来ると、香奈を監視し、世話をする係は、関西弁の男に代わった。

「あんたは偉い人の奥さんや、聞いてるさかいな。ヌードはまずい。いちおう、誰に覗かれてもええように、ちゃんと服を着るんや、さ、これ……」

と、手錠もはずしてくれたうえ、香奈の目の前に、ポンと下着とスーツの上下を投げてくれた。

「…………」

香奈が迷っていると、

「これな、これはここにいたダンサーのものや。でも仕事がきつい、いと言うてな。睡眠薬飲んで、一〇日前に死んでしもうた。きれいな娘やったさかい、わしな、かかにしようと思っとったんや。アホな女……」

と、説明した。

香奈が手にとると、二十歳《はたち》前後の若い娘の好むような派手な服装だが、下着なども新品とわかり、とりあえず身につけてみた。サイズはピッタリ香奈に合った。

もうひとつ、大きな違いは、東京では鍵のかかる檻《おり》のような中に入れられ、逃げることはほとんどできかねたが、新しい場所は、地下のせいか、窓のないかわりに、比較的、自由にさせてくれた。とくにトイレは部屋の外についていて、

「必要なときは、トイレまでは勝手に行ってええ。ただしな、その先はあかんで……」

と、男が言った。

廊下の先は、誘拐犯らのタマリになっているらしく、そこを通らないと、外部へは行けない仕組みとわかった。

〈やっぱり、とても逃げられないわ〉

と、香奈はがっかりした。

着せられた衣服が、真《ま》っ赤《か》な派手派手のものであることも、香奈がどこにいても目立つように配慮されたのだと、彼女は気がついた。

〈あのひとは、今ごろ、どうしているのかしら？……〉

と、彼女は、小早川のことを考えた。

愛妻家の小早川が、誘拐されピンチに陥《おちい》った香奈をそのままにしておくわけはなかった。

〈いずれ、救出隊の先頭に立って、やって来るわ〉

と、彼女は固く信じた。

また、香奈は、妹の梨香のことも考えた。誘拐される直前、彼女はＳＣベストを使って、梨香に危険を通報している。梨香は、姉思いの行動的な女性だった。〈ベル旅行社《トラベル》〉の主任として、大活躍している梨香が、姉の急を知って、普通に会社勤めしているわけはないと思った。

〈あの妹は、きっと、私を捜して、ここまで来るわ〉

と、直感した。

誘拐犯のケイタイを、巧みに利用して、東京のあのビルの位置を通報したので、きっと警察庁側は動いたに違いない。

犯人側が、急いで、香奈の身柄を移動したのは、きっとそのせいだろうと、彼女には推理ができた。

〈そうだわ。ここへ来たことも、外へ知らせてやらなくては……。今度は、裸ではないし、うまくすれば、このビルの内部を動けるかもしれない〉

と、香奈は想像した。

だが、すぐに動くのは、非常に危険だった。

〈まず第一に観察。第二に観察。三、四がなくて、第五に観察……。これだわ〉

と、香奈は落ち着いた。

そして、彼女に三度のコンビニのめしやドリンクを持って来る男の話を聞くうちに、このビルは、アルコールとダンスを中心としたセックス・パラダイスのようになっていることが理解できた。

〈かえって、騒がしいだけに、スキがある可能性が高くない？……〉

香奈は期待した。

地下室は、だいたい、常にシンと静まりかえっている。

廊下のタマリの方で、主として男が、たまに女が喋る声がする。だが、香奈のところには、きまった一人の関西弁の男が来るだけだった。

そのうちに奇妙なことに気づいた。

タマリを通って、香奈の監視をする男が近づいてくるとき、その足音は、約三〇秒かかる。そのくらいの距離があるのだろう。香奈は自分の脈拍を、常日ごろ、計っていたから、そこから逆算して、短い時間を計測できる。

だが、あるとき……それが昼か夜かは不明だったが、突然、通路がにわかに多くの足音に満ち、約一五秒くらいで遠ざかった。三人くらいの男が通路の途中から不意に湧き出した感じなのだ。

〈どうしたのかしら？……おトイレまでは約一〇秒で行けるわ。その先は出入口がなくて、タマリに一五秒で到達できる。何もないところから人が出てきたなんて……〉

不思議に思い、じっと息をつめていると、タマリの方から、通路を歩いてくる複数の足音がした。

〈あれっ……〉

と思っていると、その足音は一五秒くらいで消え、香奈の耳には何も聞こえなくなった。

おかしい、実に変なのだ。タマリから通路を歩いてきた人々が、いわば廊下の途中で、煙のように消えてしまった計算になる。

香奈はハッとした。

〈どこかに、秘密の出入口があるんだわ。向こうのタマリの部屋のミラーの後ろあたりに、この隠し部屋に続く廊下のような通路がある。それを警察に発見されても、発見した者は、《隠し部屋とトイレのための通路だ》と思ってしまう。けど、実はその途中の床か壁に、ほかに通じる出入口があって、極秘に出はいりしている人がいるんだわ〉

それに気がつくと、香奈はチャンスを狙《ねら》おうと思った。

ここへ連れてこられてから、もう数日は経っているはずだ。小早川や梨香の心配は極限に達しているだろう。

——自力脱出のチャンス……

香奈は、にぎりめしとジュースを見張りの男に差し入れられたとき、

「おなかが痛くて、動きたくないわ。しばらく放っておいて」

と、力なく言った。

「ほんまか。ホナ、ゆっくり、やすむとええがな。めしは食べたいときにな……」

と言い置いて、男は去った。

ムードから言って、どうも、深夜になりかかっていると、香奈は思った。

男が去って約三〇分。

香奈は行動を開始した。

静かに廊下へ出る。真っ暗な闇だが、トイレの中には、小さな掌《て》の中に収まる懐中電灯が置いてあった。

「用を足すとき、それを使ってええよ」

と男が教えてくれた品だ。

それで香奈は通路内を照らした。タマリへ一五秒の位置。

〈どこかしら……〉

目についたのは、小さな額だ。額の中の絵はドガまがいの、ダンサーのポーズである。

その裏を覗くと、そこに一部ふくれあがった箇所《かしょ》が指先に感じられた。ぐっと押し込んでみる。すると、壁面の一部が人の通れるだけスルスルと開いた。

〈これだわ……〉

と、香奈は内部《なか》へ飛び込んだ。

するとは彼女の背後は、ピタリとしまった。

〈あっ〉

彼女は思わず内心で叫んでいた——。

10

それとは知らず、一方の梨香は、住込み見習いダンサーとして、二人の仲間と三人部屋で寝かされていた。

夜中に、フッと目が醒めた。

昼間のさまざまな屈辱的なシーンが思い出される。

〈こんなところに長居はできないわ。早く、お姉さまの居所《いどころ》を発見して、外へ出ないと……〉

そんなふうに思った。十七歳と十九歳だという二人の娘は、睡眠薬を与えられて、ぐっすりと寝こんでいる。梨香にも同じ薬が与えられた。しかし、梨香は指の間にはさんで薬はのまず、あとでトイレに流してしまった。

〈お姉さまは、地下に閉じ込められているみたい〉

梨香が見当をつけたのは、彼女の身体検査をした四十がらみの小肥りの女、……男たちが〈ミッチー〉と呼んでいる人物の言葉からだ。

ミッチーはこう言った。

「みんな、よう聞き。明日から、男のひとが喜ぶような踊りをマスターするんや。わかったな。もうひとつ……このビルからは当分、外へ一人では出てはあかん。それと、とくに地下室へは行かんことや。わかったな……」

梨香にはピンときた。

〈地下室に、お姉さまはつかまっているんだわ〉

梨香は、ゆっくりと躰を起こした。

ここは小さなビルの四階の隅である。〈DP〉ビルというのは実は二つのビルであり、中央にエレベーター棟があり、大と小を結びつけていた。大のほうは、パブや舞台のある棟。小のほうは、レストランが一階にあるが、あとは雑多な用途に使われていて、汚い建物だった。

夜中だからエレベーターは使えない。目立ってしまう。非常階段のところから一階へおりた。地階へ行くには、別の狭い階段を使わなくてはならない。様子を窺《うかが》っていると、

「何しとるんや？」

と言う男の声がした。

「あ、あのおトイレを捜しているんです」

梨香は慌てて弁解した。

「どこのアホが……。怪しい奴……」

ムズとばかりに腕をつかまれて、梨香は万事休した。

第六章　死笑拷問《デッドラフ・トーチャー》

1

梨香は、こっそり地下へ行き、姉の香奈が幽閉されている場所を確認しようとした。そこを、この〈ダンシング・プリンセス〉の警備をしている男に発見された。

「……トイレに行こうと思って……」

と、繰り返し弁解したが、ガードマンのような男は許してくれなかった。

「ウソを言うたかて、わかっとるんや」

と、男は言った。

そして、その名も知らぬ男は、真夜中に、梨香を、ひとつの空き部屋に連れ込んだ。そこには、カイロプラクティックの治療に使う、鞍馬《あんば》型の台が置いてあった。

まず男は、こう言った。

「わしな、だらしのないダンサーをきたえる調教師なんや。しかし、今は、本当の話を聞かせてくれなければ、そっちの躰《からだ》に訊《き》かな、ならん」

「本当のことなんです。おトイレに行きたくて……」

梨香は言い張った。

「わかった、ではすまん。それを見せてもらう。ここで、スッポンポンになりい……。トイレするのには、裸が一番や。ここに洗面器もあるで。さ、早く……」

ガードマンの男は、せせら笑って言った。

ここで『トイレではありません』と言えば、梨香のウソはばれてしまう。

やむをえず、内心で、

〈お姉さまのために……〉

と呟《つぶや》きつつ、着衣をすべてとり、ショーツまで脱いだ。

「本当です……」

と、言いつつ、さも小用が我慢できないようにみせ、さっと洗面器をまたいだ。

しかし、だいたいがその気になっていないし、緊張のせいか、小水の出はよくなかった。

「ハハハ……。やっぱり、出ないやないか。本当のことを言えば、楽になる。喋《しゃべ》りいな」

と、男は嘲笑した。

「ウソじゃありません。男のひとの前で、こんなことをするの、初めてですから……」

と、梨香は、悲しい顔をした。

「まあええわ。どうしても、本当のことを言わないなら、そっちの躰に訊くで」

どうやら男は、拷問に訴えるらしい。

「本当のことってなんですか？」

梨香は夢中になって言った。

「おまえが、誰に頼まれて、何をしにここへはいってきたか……それだけでええ……」

「自分で、生活のために、ここへ来たんです。頼まれたのではありません」

「さよか。じゃ、この台の上に、そのまま坐り……。ちょうど、ポニーの背に抱きつくようにするんや」

「痛いことは許してください」

と、梨香は怖《こわ》くなって言った。

ヌード姿を、太い鞭《むち》で叩かれたら、皮も肉も切れて、血だらけになってしまうだろう。

「心配するな。少しも痛くはない。そやなくて、おまえは、楽しく笑うだけだ。ただ、笑い狂ってしまうのがイヤなら、いつでもストップをかけるんや。そして、本当の告白をすること……」

「…………」

梨香は返事のしようがなかった。笑い狂ってしまうというのは、どういう意味かわからなかった。
ただ心の中では、
〈お姉さまのことは、絶対に喋るものか〉
と決めていた。

2

男は、梨香の裸身を、俯《うつむ》けに、鞍馬型の拷問具に縛りつけた。革製の表面が、ピッタリ、彼女のバストと腰に触れた。両手は、鞍馬にまわして、ロープで縛り、両足首も同じにした。つまり、彼女はもう、身動きできなかった。

なんといっても恥ずかしいのは、太腿《ふともも》が、左右に開いて、男の目を楽しませる谷間が、ライトに照らし出されていることだった。

〈鞭で叩くのではないみたい……〉

〈笑い狂う……というのは、どういうことかしら?〉

不安と恐怖が、真夜中の梨香を襲った。

「さ、この薬を飲むんだ。楽しくなるぞ」

と、男は、白い粒状のクスリを、彼女の口へ入れ、コップ一杯の水を飲ませた。

飲むと、たしかに頭はボーッとして、なんでも喋りそうなムードが、梨香に押し寄せた。

次に、男は、クリームの容器に似たものを取り出すと、強い香気のする黄色いものを、まず梨香の鼻に塗った。

〈あっ〉

と、思う間もなく、梨香はズンと突きあげるものに、自分がハイな気分になるのを覚えた。

〈これはダンサーたちから、羞恥《しゅうち》心を取り去って、客の前でなんでもやらせるための薬だわ……〉

と、梨香は感じた。

その次には、そのクリームは、彼女の腋《わき》の下と、太腿の間に丹念に塗りこめられた。

男はその作業を、慣れた手付きで、楽しそうにやっている。

〈プ……プロだわ、このやり口は……〉

と、梨香が、内心で呻《うめ》いたとき、男は、クリームの容器を片付け、持ち出したのは、鳥の羽根であった。

「さあ、始めるぞ。どんなに大声で笑ってもこの部屋は、密閉されとるんやから、外には聞こえん」

と、男は、梨香に引導《いんどう》を渡した。

〈え?〉

梨香がびっくりしたとき、羽毛は二本となり、男の左右の手が、腋の下をくすぐり始めた。

〈あ、くすぐったい〉

と、思った。

我慢しようにも、クスリとの相乗効果で、我慢できず、

「ひいっ……」

というような甲高《かんだか》い声で哭《な》いてしまった。

「なんだ、そんな程度か。それでは、本当のことは言えんな」

と、男は呟いた。

脇腹をくすぐった羽毛の先は、どんどんと臀部《でんぶ》にまで続いて刺戟《しげき》してくる。

「イヤッ……、ヤメて……」

と、言いながら、梨香は、あらためて、この男の〈くすぐり責め〉の恐ろしさを感じたのであった。

「うーん」

我慢しようとしても、羽毛の先はところかまわず責めてくる。

初めのうちは、

〈鞭で打たれるのよりは楽だわ〉

と思っていたが、それは梨香の思い違いだった。

この〈ダンシング・プリンセス〉では、女体の皮膚は美しくなくては商売にならない。経営者が女を責めるのは、こうした、くすぐり責めが一番なのだろう。

耐え忍ぼうとする梨香の躰は、毛穴という毛穴が開き、どっと汗を吹き出した。

そうして、羽毛は、さらに、彼女の奥深いところを刺戟した。

「ああ……死にそう……」

と、梨香は呻《うめ》いた。

突然、彼女の下半身が、生温かいもので濡れ始めた。

体孔が開き、さきほど小用をすませていたにもかかわらず、新たな液体が迸《ほとばし》り出たのである。

梨香は、ともすれば薄れそうな意識の中で、

〈このままでは殺されてしまうわ。なんとかしなくては……〉

と、思った。

「おい。正直に依頼者の名を言う気になったんか。何をしに来たのか、それを言うだけでもええぞ」

男の声がした。

「私……自分の生活のために……」

と、梨香は言い続けた。

「ふん。まだ、充分に笑いきっとらんから、そないなウソをつけるんや。よし、これでどうや……」

羽毛の先が、激しく梨香の肉体を刺戟してきた。

「いっひっ……ひい……」

止めようにも止まらない声を、梨香は吐き続けた。

3

もういい加減、気が狂いそうだと、梨香が口から涎《よだれ》を流しながら感じていたとき、突然、事態が急に変わった。

梨香を責めている男のケイタイが鳴った。男が電話に出た。

「へえ。どうも……様子がおかしいので、本当のところを吐かせていますんで……」

と、男はガラッと態度を変えた。

どうやら、上層部の人間が、何事かを尋ねているらしい。

「……なかなかのいけずで……。ひと筋縄では……。へえ。ご覧になるのはかまいまへんけどな……」

どうやら、その人物が、梨香を、じきじきに見るつもりらしい。

すると、また電話の主は何か言った。

「……そんなにお忙しいのに、ご苦労さまで……。台湾に……さよか。また行きなはるとは……」

この会話の中に、〈台湾〉という言葉があったので、梨香は、ギョッとした。遠ざかりかけた意識が戻った。

彼女は、台湾ツアーのことを、ハッキリと思い出した。

あのツアーに関係のある人物が、この部屋に来るのだろうか？

〈こんな惨《みじ》めな姿を見られるのは、死ぬより嫌だわ〉

と、すぐ思った。

だが、続いて梨香け考えた。

〈みんな、お姉さまのためだわ。こんな姿になった私を、まわりでは油断しているから、何かつかめるかもしれない……〉

ケイタイの会話は終わった。

「運のいい奴やな。こんな恰好《かっこう》しとんのを、お見せするわけにはいかん。とにかく、このバスタオルを羽織《はお》って、坐っておったらええ……」

と、言うが早いか、手と足のロープをはずし、男は、梨香をかかえて、ドサッとフローリングの床におろした。

〈助かった〉

と、梨香は思った。

その躰の上に、大きなバスタオルが投げられた。

梨香の躰は、汗まみれだったが、責めが終わると、スーッと寒さが皮膚の上を這《は》った。

急に震えに襲われた。

「着るものを……」

掠《かす》れた声で頼んだ。

「裸じゃ嫌か？……ま、もうちょっと待つのや。ボスが何かおっしゃる。それに従わな、あかん」

と、男は言った。

〈ボスって……誰のこと？……〉

梨香は思った。

〈私を助けてくれる人だといいけど……〉

それから五分ほどして、部屋をノックする気配がした。

梨香は顔をあげた。

小肥《ぶと》りの女、ミッチーが顔を出した。

目で男と合図した。

「いいのね？」

と、ミッチーが言った。

「はいっていただくんだよ」

男の言葉が終わらないうちに、一人の男がぬっと入室した。

真っ黒なサングラスをしている。そのために、逆光線の中にいる梨香には、ボスという男の顔がよくわからなかった。

〈あれ……どこかで会ったような……〉

そんな気がしたが、それだけであった。

「おっ。やっぱり……」

サングラスの奥で、目玉がギロッと動く気配がした。

「吐きませんで……」

と、羽毛を片手に持ったままの男が言った。

「わかった。この女なら、できるだけ早く処分しなさい」

と、日本語で言った。

〈誰かしら？〉

梨香は迷った。声に、わずかながら、聞き覚えがあった。

次に、サングラスの男は、ペッと唾《つば》を吐くようにして、

「ジェワボカーイ（気に入らんな）」

と、呟くと、くるっと梨香のほうに背を向け、そのまま出て行った。

が、この瞬間、梨香はハッと気がついた。

〈あの男《ひと》だわ。ツアーに一緒だった鈴村章一。本名を黄秀可……。胡上恵さんと、台湾で震災に遭《あ》ったとき、私の目の前から姿を消した人だわ……〉

と。

4

これよりかなり前。香奈は、幽閉の場所を出て、地下の秘密の通路の方へと、自力で脱出していた。

この脱走は、まったく奇跡的なものだった。もし、香奈が、このように易々《やすやす》と逃げ出せるとわかっていれば、小早川にしろ、梨香にしろ、苦労することはなかったはずだ。

まったく、世の中は皮肉にできているというより仕方がない。

結果的には、梨香が、激しい羞恥責めに遭ったのは、まったくムダな行為に終わったのである。しかし、梨香のほうに、ガードマンの目と耳が集中したために、ひと足早く、香奈は逃走に成功したのであった。

また、香奈が思い切った行動ができたのは、彼女が曲がりなりにも、ちゃんとしたスーツを、着せられていたからである。

香奈は、暗い通路の中で、トットットッと高鳴る心臓を、鎮《しず》めていた。

〈慌てたらダメだわ。安心するのは、小早川の顔を見てから……〉

と、彼女は自分に言い聞かせていた。

地下の秘密の通路は、真っ暗ではあったが、彼女の手にあった非常用の懐中電灯に有効だった。

〈この通路は、どこに出るのかしら？〉

と、じっと瞳《め》を凝《こ》らしたが、出口は見えなかった。

どこから、風が吹いてくる。

〈まあ……この風は、ビルの外で吹いているんだわ〉

香奈は察した。

その風の吹いてくる方向に進めば、そこが出口に違いない。

一歩一歩と進んでゆく。足許は、コンクリートで固めてあった。

そのコンクリートの上で、香奈は、ハバナ葉巻の燃えさしを拾った。

〈間違いないわ、このビルに、特別の客が来るとき、この通路を使っているんだわ。ここからきっと外へ通じている……〉

こんなふうに感じた。

こうしたピンチのときは、自信を持つのが大切だと、香奈は夫の小早川警視正から教えられていた。

〈自信を持って、ゆっくりと……〉

香奈は、一歩一歩、踏みしめていった。なん十メートルか歩いてゆくと、急に、マンホールの底みたいな場所についた。

ほとんど垂直に、この井戸型通路は、上へ通じていた。夜風が、そこから彼女の頭に降ってくる。

〈私が外へ出れば、きっと小早川と梨香の二人が、私を歓迎してくれるわ。それぐ……〉

と、確信した。

垂直の階段というのは、単に金属の横棒をコンクリートで固めただけの てある。

約一〇メートルくらい昇って行くと、やはり真っ暗な部屋の一角に出
〈さて……ここはどこかしら?〉

香奈は用心深くあたりを見まわした。

部屋の広さは四畳半くらい、そこにはドレッサーがあった。開くと、中にはレインコートなど男もののコート類が数着、吊るしてあった。

右側のドアに手をかけたが、そこにはキーがかけてあった。

左側のドアは、中央に、狭い網《あみ》付の吸気口があり、夜風はそこから吹き込んでくる。

ドアに手をかけると、なんと、そこにキーはなく、ビルの屋上に出た。

向かいの〈D　P〉《ダンシング・プリンセス》ビルの屋上の中央には、ヘリが離発着できるくらいの場所と、それを示すマークが描《か》いてあった。

〈あ、わかったわ、VIPは、ここでヘリをおりて、《ダンシング・プリンセス》へはいるんだわ、そのあと、酒宴などをしてから、今度は、ここへ戻るか、向こうの屋上のヘリポートから帰るわけね〉

と、香奈は理解した。

彼女は、まだ助かったわけではないのだ。ここは敵地である。よく見ると、ビルの五階の屋上らしい。こちらのヘリポートは、私設の小型のものである。

〈どこのビルかしら？……〉

と、覗《のぞ》くと、その前に、広い通りが見えた。

このビルの隣りは、消えているネオンサインが読めた。〈バーバー・ナイアガラ〉とある。

屋上には、彼女が来た元の通路のある小さなタワーと、もうひとつの機械塔がある。その塔屋《とうおく》のドアを引いたが、キーがかけてあった。

〈ダメだわ、元へ戻るしかないとは……〉

香奈は、目の眩《くら》むような絶望感に襲われたのである——。

5

だが、香奈は小早川警視正の妻である。

〈もうちょっとで助かるのに……、こんなところでへこたれたら、私、小早川《あのひと》の奥さんにふさわしくない〉

この気持ちが、彼女に最後の力をふりしぼらせた。

念のために、ふたつある塔屋のうち、もうひとつのドアの鍵を、さらにチェックした。

やはり、しっかりと閉じていた。

だからといって、元の同じところへ戻るのは愚《おろ》かであった。

耳を澄《す》ませても、なんの物音もしない真夜中である。

〈多分……まだ、私の逃げ出したことを知られていない〉

と、香奈は思った。

残された道は、このビルの外壁を伝わっておりることだけだった。

〈ロープさえあれば……〉

と、思った。

そのとき、ピンときたのは、〈バーバー・ナイアガラ〉の存在だった。まだ誰か起きているのか、そのビルの一角からは灯かりが洩れていた。

彼女は、そこに警察関係者のOBがいるとは知らなかった。ただ、その〈バーバー〉の従業員なら、水商売ではないし、一人の女が、隣りのビルの屋上で助けを求めていると知ったら、必ず応援するのではないか、と考えたのである。

彼女は、屋上の手摺《てすり》のところから、身をのり出してみた。

〈……でも、私がここで、大声を出せば、一番先に気がつくのは、このビルの人間のほうで、かえって、私はまた捕えられてしまうわ……〉

声は出せなかった。

しかし、なんとかして、自分がここにいることを知らせなくてはならなかった。一分一秒でも早く……。

一方、このとき、〈バーバー・ナイアガラ〉の内部には、香奈が待ち望んでいた小早川が来ていたのである。

部下の影宗巡査部長とは、近畿管区警察局で別れた。

「ご一緒に行かせてください」

と、影宗はしきりに頼んだ。

が、小早川は言った。

「いや、今回は、自分の妻を助けに行くだけです。君は、局舎のほうに待機していなさい。もし、必要があれば、ケイタイで連絡しますよ」

そこで影宗は、仕方なく、

「ではそうします」

と、引きさがったのだ。

小早川は、影宗と別れ、〈バーバー・ナイアガラ〉のビルにはいった。ここを根拠にして、〈DP〉ビルの地下室に通じるトンネルの工作をしていたのである。

だが、作戦は、相手にそれと知られないようにやるには、どうしても、時間をかけなくてはならない。

「夏木梨香さんが、ダンサーとして潜入しているんです。彼女からの連絡さえあれば、ビル内部の様子がわかると思うけれど……」

小早川は呟いたものの、いつ、どういう形で連絡があるか不明だった。

「こっちのビルへ、逃げこんでくれればいいのですが……」

元警察庁のＯＢで、今は、ここのマスターになっている増田《ますだ》という白髪の男が言った。

「彼女には、このビルには味方がいると教えてあるんですよ」

小早川は言った。

「おそらく、飛び出す直前には、ハッキリした手がかりをつかんでいると思うので、相手が追って来るケースもありますね。われわれとしては、少しでも早く、夏木さんを救ってやらないと……」

増田は心配そうに言った。

「そのとおりですよ。そうだ、今夜か明日の晩か……オールナイトで、見張ったほうがいいけれど……」

小早川は、増田の顔をじっと見た。

「行ってみます、ビルの出入口はわかっていますから。私は念のために、麻酔銃を持って出ましょう」

「頼みます」

小早川は、ちらっと腕時計を見た。真夜中になっていた。

増田は、一階のビルの陰に出た。

小早川は、〈バーバー・ナイアガラ〉の屋上へ向かった。

小早川はエレベーターに乗った。そして、何ものかに導《みちび》かれるように、屋上の柵のそばから、隣接するビルを眺めた。

6

さすがの小早川もびっくりした。

〈DP〉ビル——つまり、目的のビルは、道路をへだてた向かいにあり、そこに香奈は幽閉されているはずなのだ。

ところが、小早川は、〈バーバー・ナイアガラ〉の隣りのビルの屋上に、一人の女と思われる者の姿を発見したのだ。

夜とはいえ、この夜は、月明かりがあった。その上、小早川は自分の妻、香奈を見間違うわけはない。

どういう事情で、〈DP〉ビルから、隣りの廃屋同然のビル屋上に移ったか不明だったものの、そこに香奈がいる。

小早川は、屋上から身をのり出し、声は発することなく、両手を振って合図した。

すると、香奈も気がついて、右手を振った。これだけで、小早川には、充分だった。

すぐさま、一階までエレベーターでおりた。

白髪頭《しらが》が美しく光った。増田は、麻酔銃を持って、小早川に振り向いた。

「増田さん。いましたよ、香奈が……」

と、言った。

「え？　どこに？」

「このビルの隣りの屋上です」

と、小早川は早口だった。

「〈DP〉ビルじゃなく？」

「そうです」

「……しかし、夏木さんではないのですか？……」

「そうなんだ」

「奥さんの姿が見えたというんですね？」

「そういうこと……。事情はあとで訊くしかない。とにかく、隣りのビルの屋上へ助けに行きたいが、隣りのビルは空き家みたいですね」

「はい。半年前に、テナントがみんな出て、近々、取り毀《こわ》すことになっているんです。しかし……」

「うん、持ち主は、玉山産業の関係者かもしれない。いずれにしても、そういうことなら、キーはかかっているだろうな」

「はい。でも、奥さまは、どこから移ってこられたんでしょう?」

「その話は、あとで訊くしかないが……。うん、手早くやるには、救助ロープを、向こうのビルに張って、助け出すしかないか」

と、小早川は、素早く頭の中で、ビル間の距離を計算した。

ビルとビルの間は、四メートル幅の通路が一本あるだけだった。

「しかし、そのあとは、奥さまを地上まで吊りさげるわけですか?」

と、増田は言った。

「それだけの長さのロープは、手許《てもと》にあるんですか?」

「ありません」

と、増田は言った。

「じゃ、こうしよう。屋上から屋上へロープをわたす。これは救助ロープ銃があれば可能だ。うちのロープの端を、あの屋上の柵に結びつければ、私が渡ってゆく。長距離はダメになったが、四メートルくらいなら、充分に渡れる。このとき、向こうは五階のビルの屋上にいるわけだから、こっちの六階の窓に結びつけたロープを持ってゆく。そうすると、水平にロープが渡せる。そこを伝わっておりてもらおう」

「しかし、もし万一……」

「ハハハ……、大丈夫です。いちおう、家内《うち》の腰にロープを巻いて、万一に備えておくし、手袋さえさせれば……。革手袋、ありますね？……」

　と、小早川は念を押した。

「三つ、四つは……」

「そんなに使うことはありませんよ。さ、そうと決まれば、すぐに始めましょう」

　そういう小早川の声は、晴れ晴れしていたのである。

　予想もしていなかった香奈の出現。隣接するビルの屋上という好条件に、小早川の心は躍《おど》った。しかし、今度は、梨香の安否が気になった。梨香も、今夜あたり、行動を開始しているだろう。

〈すぐにでも、梨香さんの救出を始めなくては。そのための情報は、家内《うち》のが持っているに違いない〉

　小早川はそう信じた。

　救出のために、ビルとビルの間にロープを張る作業は、小早川が自《みずか》らしたたし、実際にそれを渡って救出に向かうことも、他人《ひと》にはまかせなかった。

　すべては、順調に行った。香奈も、警視正の妻として、恥ずかしくないような、テキパキしたやり方で、〈バーバー・ナイアガラ〉のビルに移ってきた。

　小早川がその香奈に言った第一声は、

「梨香さんに会いましたか？」

というものだった。

だが、香奈の返事は、小早川を失望させた。

「いいえ、なんにも知らないわ……」

7

香奈は、梨香の消息は知らなかったが、隣接ビルの屋上から、地下のトンネルを通って、〈DP〉ビルの地下幽閉室までのコースはわかると言った。

「よし、そこを逆に侵入して、梨香さんを捜し出そう。明日、夜が明けてからでは、彼女の安全が保証できない」

小早川の決断は早かった。

誘拐、監禁の罪で、犯人一味をつかまえるには、小早川だけでは危険が大きすぎる。

そこで、彼は近畿管区警察局に連絡をとり、誘拐犯を現行犯逮捕するということで、検察及び大阪府警の協力を要請した。

「時間がないのです。女一人《ひと》の生死にかかわっています」

と、小早川は叫ぶように言った。

昨今、警察のやり方に、市民の批判が集まっているので、上層部にも、小早川の気持ちがよく伝わった。

疾風迅雷《しっぷうじんらい》の勢いで、総勢一〇〇名の体制ができあがった。

〈DP〉ビルの周囲に、五〇名の包囲陣ができあがったのは、夜が明ける午前五時ごろであった。

さらに一〇名ずつ、合計二〇名が、間道《かんどう》の出入口をおさえるべく、突入口と、〈DP〉ビルの屋上を見張った。これは、ビル屋上から、ヘリコプターで逃走するグループを警戒するためだった。

完全武装の捜査員が、一五名ずつ二陣に分かれ、第一陣のトップに小早川と影宗巡査部長が位置した。

作戦は、忍びやかに、素早く決行されていった。

香奈が脱出して来た秘密の垂直な間道は、人間一人がやっと通れる狭さである。反対方向から、実弾が注《そそ》がれたら、とても前進はできない。

が、小早川は、その危険性は、

「相手も同じ危険を知っている。いくらなんでも、こちらが全力を挙《あ》げて突入したとなれば、ムダな抵抗はしないだろう」

と、比較的簡単に考えていた。

彼は、小型だが強力なマイクのついたスピーカーを用意した。これを手に持って、一団のトップに立った。部下を危険にさらしたくなかったのである。自分の身内の女性を救出するために、警察官の若い生命《いのち》を失いたくないと考えていた。

そのため、間道の底までおり、さらに横に進み、いよいよ、香奈が囚《とら》えられていた場所の近くに来たとき、スピーカーを使って相手に告げた。

「このビルにいる人に告げる。われわれは近畿管区警察局及び大阪府警の者です。ここに囚われている女性を救出に来ました。このビル全体は、包囲されています。ムダな抵抗はしないでください。もう一度言います。われわれは警察です。ムダな抵抗はやめてくださ い……」

このマイク作戦は功を奏したらしく、ビルの内部で、人が激しく右往左往する気配は湧きあがったが、刃向かったり、反撃してくる様子はまったくなかった。

すでに、ある程度、このビル内は、大阪府警もさまざまな容疑で内偵を進めていたから、この際、都合はよかった。

香奈が教えた一室は、まったく人影はなかった。梨香は別のところに監禁されているとみて、捜査陣は、片端から部屋をチェックした。その段階で、客とベッドをともにしていたダンサー三人も、売春容疑で検挙された。

マネージャーだという者が現われたが、

「責任者はおりません」

と言うばかりで、まったく上層部の人間は姿を見せなかった。

このマネージャーの案内で、地階の奥の一室をあけると、手足を縛られ、口にガムテープを貼られ、気息奄々《きそくえんえん》とした全裸の梨香を発見した。

すぐさま、彼女を自由の身にして、これを救急車に収容し、病院で手当てを受けさせるために搬送した。どうやら、間一髪《かんいっぱつ》で生命を助けることができたのである。

しかし、小早川は、梨香とともに病院へは行けなかった。彼には、彼女をそのような目にあわせた直接の責任者を逮捕する義務が残されていた。

マネージャーは、

「若い者が、つまらないことをしたのやと思います。私のほうでも、徹底的に事実を調べますので……」

と、頭をさげた。

小早川がマネージャーの部屋で、いちおうの説明を聞いていると、別室のほうで、鈍い拳銃の音がした。

「どうした?」

と、叫びつつ、小早川が部屋からとび出してみると、廊下に一人の女性が腹部を撃たれ、仰向《あおむ》けに倒れていた。

鮮血が廊下に流れ出している。拳銃をだらりとさげて、呆然《ぼうぜん》としているのは、部下の影宗巡査部長だった。

「この女が抵抗したんです。あの拳銃で撃《う》とうとして……」

影宗の指さすところに、女性用の小型ピストルがころがっていた。

「まずいことをしたな。即死状態じゃないか……」

小早川は詰《なじ》るように言った。

「反射的に撃ってしまいました。正当防衛ですが……しかし、私のミスです」

影宗は素直に頭をさげた。

8

いかに正当性を主張しても、近ごろは、警察官の行動には、市民の目が光っている。小早川は、自分の部下の拳銃発射、女性射殺事件を、適当に処理するわけにはいかなかった。

一〇〇人体制で包囲した上での、誘拐、監禁犯の逮捕を予定していたが、女性射殺事件発生とあっては、まず、その現場の確認をしなくてはならない。

「この女は?」

小早川は、死者の顔を覗《のぞ》いた。

「森谷のぞみです。間違いありません」

と、影宗は言った。

「森谷のぞみ？……というと林華麗の秘書をしていた……」

「はい、そうです」

「君の知人だと言ったね？」

「…………」

影宗は、力なく頷《うなず》いた。

「この射殺が、正当な公権力の行使と認められるには、相手が手向かってきた事実がないとまずい。影宗君。森谷さんは、拳銃を構えたのか？」

「はい。引き金《トリガー》に指がかかって、撃とうとしたのは間違いありません。私は反射的に撃ってしまいました」

「よし。それが事実なら、正当防衛は成立するだろう。鑑識がいるだろう？……証拠として、女性用ピストルの指紋を調べて」

と、小早川は、自分の部下の身のことを考え、鑑識に頼んだ。

こうしたときには、鑑識も同行しているのである。

次に小早川は、

「問題はなぜ、森谷のぞみさんが、君を撃とうとしたのか……その動機だよ。それをハッキリさせとかないと……」

と、言った。

影宗は首をかしげた。

「そこはよくわかりません。私のことを、単なる武装警官とみて、逃げるために撃ったものか……それとも……」

「え？」

「この……森谷のぞみが、夏木梨香さんを責めて、処分しようとした直接の犯人だったのか……そんな疑いもあります」

と、影宗は言った。

「そうかな」

小早川は考えていた。

「この女性《ひと》が、なぜ、こんなところにいたのか、よくわかりません。多分、かなり重要な役割を果たしていたために、私を撃とうとしたのではないでしょうか」

影宗は言った。

「うん、それはありうる。しかし、この女《ひと》は、君に内情を、電話連絡してくれていた。そうだろう？」

と、小早川は呟《つぶや》くように言った。

「そうです」

「つまり、そうした秘密をにぎっていたので、君を消さないと危ないと読んだかも……」

「はあ……」

「とにかく、こうなったからには、君とこの森谷さんの関係も、隠すことなく、表面に出さないといけない。覚悟をしてもらいますよ」

　と、小早川は言った。

「覚悟しています。下手《へた》なやり方で、犯人の仲間を殺してしまい、申しわけありませんでした」

　影宗は、ペコリと大仰《おおぎょう》に頭を下げた。

「ま、今はここまで、あとはキッチリやろう。そのためには、病院に行っている夏木さんの容態を確かめないと……」

　小早川は、影宗を、近畿管区警察局の者に預け、自分は、梨香に会い、できれば、森谷のぞみのことをはじめ、〈DP〉ビル内部に起きたこと、彼女の見聞など、詳細に知るため、救急指定病院へ向かった。

9

小早川は、二人部屋のベッドに寝ている梨香に会った。

発見されたとき、梨香は、空《あ》きドラム缶とセメント袋二個のそばに、全裸のまま、縛りあげられていた。小早川らの到着があと三〇分遅れていたら、コンクリート詰めの姿で、大阪湾の底に沈んでいたに違いない。

梨香が助かったのは、奇跡と言ってよかった。

二つあるベッドのひとつは空《あ》いているので小早川は、気がねなく義妹の梨香に会えたのだった。

「どう？　大丈夫ですか？」

と、小早川は入室しながら訊いた。

「はい、ありがとうございます」

梨香の言葉は、ハッキリしていた。手首を縛ったロープの跡は、くっきり残っているものの、ほかに傷ついたり、痛むところはないのである。

「二、三日休養して、点滴すれば、すぐ元気になりますよ」という説明を受けていた。小早川は、担当した医師から、

「香奈さんは、自力で脱出して来ました。姉妹、お互いに、全力をあげてやるべきことを

やったんです。偉かったですよ」

小早川は褒《ほ》めた。

「お姉さまは、元気でしたか？」

「元気ですよ。梨香さんが様子を見に、〈DP〉ビルにはいっていると言ったら、『今度は私が助けにゆく』と、大変だったんです。やっと、思いとどまらせました」

小早川は苦笑して言った。

「あの……そうすると、犯人たちはなん人くらい捕《つか》まったんですか？」

「いや、詳しいことはまだ……、私は、途中で、あなたの躰が心配になったから、ここへ来たんです」と、小早川は言ってから、フト別のことを思いついた。「……あ、梨香さん、あなたは、あのビルに行ってから、あそこで森谷のぞみさんという女《ひと》に会っていませんか？」

「森谷のぞみさん？……」

「そう、うちの影宗巡査部長の知り合いで、玉山産業社長の秘書をしていた人物です。われわれが、〈DP〉ビルにはいったとき、そこにいたんですが……いつからあそこにいたのか知りたいので」

梨香は、じっと病室の白い天井を見上げていた。

「私……あそこではダンサーのひととか、ガードマンとか、ダンサーの世話係のおばさんの姿は見ましたけど……森谷さんという女《ひと》には会っていません」

「なるほど。どうして、あなたは捕まってしまったわけ?」

と、小早川は、ザックバランに訊いた。その目の光は和《やわ》らかであった。

「お姉さまのいる地下室の様子を見ようとして、夜中に忍んでいったのを、見咎《みとが》められてしまったの。トイレへ行くところと、ウソを言ったのに、それを見破られて……」

「そうですか……」

「小早川さん」

「え?」

「森谷さんという女《ひと》、どうしたのですか?」

と、梨香は訊いた。

「ああ……実は、われわれが地下道から突入したとき、森谷さんが拳銃で、うちの影宗君を撃とうとしたらしいのです。彼は反射的に撃ち返して、彼女を殺してしまったわけですよ」

「まあ……。でも、影宗さん、助かってよかったわ」

と、梨香は、初めてここで、ニッコリ笑ったのである。

「いや……警官というのは、やたらと発砲できないように、銃の規則がありましてね。これから、彼は自分が正当防衛だったことを証明しなくてはならないんです」

と、小早川は重々しく言った。

「でも……それを立証するのは、小早川さんでいいのでしょう？　ひと言、『あれは正当防衛だった』とおっしゃったら……」

「ハハハ……」小早川はかすかに笑った。

「そんなに今の世の中は、警察に甘くはないんです。このところ、各県警内の不祥事で、警察は同僚や仲間には手ごころを加えていると報道されていますからね」

「それは知っています。じゃ、私が救い出されたのも、警察官の奥さんの妹だからと言われるんですか……」

「いや、この場合は、どう考えても、あなたは危機一髪だったんです。一足違いで、あなたは殺されていたでしょう。そんなことを命令した人間が、いったい、誰なのか、それは突きとめなくてはいけません」

と、小早川は、内心の憤激を抑《おさ》えきれないように言った。

10

そこでちょっと、二人の間に会話が途切《とぎ》れた。

「まだ、疲れがとり切れてないでしょう。私はこれでいったん引き揚《あ》げます。また、向こうの仕事に一段落をつけてから来ます。香奈さんも、あなたにお礼を言いに来たがると思いますよ」

しばらくして、小早川が言った。

「ううん、私なら大丈夫なの。お姉さまこそ、長い間、苦しい思いをして来たんだし、ゆっくり休養してもらってください」

と、梨香は言った。

「その気持ちは、ありがたく伝えますが、必ず香奈さんは、ここへ来ますよ。ま、自由にさせてください。それでは……」

小早川は、現場の処理が気になっていたから、くるっと梨香に背を向けようとした。

この瞬間、彼女は実に重大なことを、小早川に言い忘れていたと思い出したのである。

「小早川さん、待って……」

と、梨香は、ベッドの上で身を起こそうとした。

「え?……どうしたんですか。起きあがって……」

びっくりした小早川が、ベッドサイドへ戻りかけた。

「あの……私、大変なことに気がついたんです」

「大変なことって?」

小早川は、梨香に手真似で、横になるように勧《すす》めながら、問い返した。

「私……ガードマンらしい男に、責められていたんです。そこに、真っ黒なサングラスをかけて、人相を隠した男のひとがはいって来ました。初めは、誰なのか、よくわからなかったんですが、その男のひとが、台湾語を喋ったので、思い出しました」

「……ん？……」

小早川の目が光った。

「その人は、日本名、鈴村章一、本名は黄秀可という人です」

「黄秀可？……黄秀用の息子の？……」

小早川はすぐに言った。

「だと思います。小早川さんもご存知でしたか？」

「知っていますが、梨香さんは……」

「はい。台湾ツアーのお客さまの中にいらっしゃいました。あのとき、ツアー客のグループで、台湾出身のかたは、鈴村さんと、胡上恵さんのお二人でしたから、私、よく覚えています。あのサングラスの人は、間違いなく黄さんでした」

「確かですか？」

小早川は念を押した。

「たしかに……。あの日、八卦湖のそばの西山大飯店別館で、私たちのツアーは、台湾中部の大地震に遭ったんです。私、このことを、小早川さんにご連絡して、いろいろ教えていただこうと思ったのに、うまくゆきませんでした。胡さんは彫刻家だと聞いていましたけど、地震の直前に手紙を私にお預けになりましてね。台北の西山大飯店本店の陳楊白さんに、届けてくれとおっしゃったあと、地震に遭って、そのまま、姿が見えなくなりました。胡さんのことは、大地震の直後に、黄さんにお会いして訊きました。そのとき、あの人は『三階を覗いてみたら、人の姿はないんです。逃げ出せたと思いますけど』とおっしゃいまして。なんと、そのあと、黄さんもどこかへ行ってツアーの団体から離れました。私、お二人ともお客さまですから、一生懸命、捜しました。けど、残りのお客さまと一緒に、台北へ逃げるのに、精一杯だったんです。そのあと、胡さんのお手紙を、陳さんにお渡ししました。こんな調子で、台湾から戻って来たんですけど、まさか、あの黄さんが〈DP〉ビルに姿を見せるなんて……」

ひと息に言ったので、梨香は咽喉《のど》が渇いた。声が掠《かす》れてきた。

「お水を飲みなさい」

小早川は、水道水をコップに持って来てくれた。

梨香はそれを、ベッドの上に起きあがって、ひと口で飲んだ。

すると、小早川はゆっくりと言った。

「胡さんからの手紙は、そのあと、私の手許に届いていますよ。ありがとう。あの手紙を私は待っていました」

「え？……小早川さん、今、なんとおっしゃいました？」

梨香は、思いがけない小早川の言葉に、耳を疑った。

「いや、あなたは立派に、正義のための仕事を働いてくれたんです。そのうちにあなたが知らずに果たした役目の意味がわかると思います。……今は、ゆっくり休息するだけで充分ですよ」

小早川は謎めいたことを言った。

「なんだか、私、まったく、わからなくなりましたけど……」

梨香は、小早川の優しい眸《め》を、じっと見守るばかりだった。

「……とにかく、あなたが黄秀可を見たというのは本当でしょう。だから、多分、彼は、われわれが突入する前に、もうひとつの秘密の通路から、外へ逃げたんだと思いますよ」

最後に小早川は、こう言い残して、梨香の許から去って行った。

これは後日、梨香が小早川に教えられた話だが、彼の推理は的中し、〈DP〉ビルには、香奈が逃げたのと、もうひとつ別のトンネルが掘られていたのだった――。

第七章　大崩壊

1

大阪の〈D　P《ダンシング・プリンセス》〉ビルは、まるで大掃除をするように、徹底的に捜査がおこなわれた。

その先頭をきった小早川警視正の妻、香奈は、誘拐、監禁され、東京から、ここまで連れてこられた末、自力で脱出に成功した。

むろん、これは、小早川自身の活躍が大きかったが、とにかく、香奈の妹、梨香も、敵地に潜入し、危うく、生命《いのち》をおとすところだった。

梨香の場合は、彼女をコンクリートで固め、封入するドラム缶も用意されている状態であった。したがって、彼女を監禁した人間は、殺人未遂の容疑を受けて、捜査されることになる。

ところが、この〈DP〉ビル内には、マネージャーがいたが、それ以外の男性の怪しい人物は、すべて逃げ去った後であった。

マネージャーは、

「私は一カ月くらい前から、ここに勤めている傭《やと》われマネージャーでして、実際のところはよくわからへんので。毎日、午後五時ごろ、玉山さまという男のひとが、指示を出してくるだけで……」

と、曖昧《あいまい》に言うばかりだった。

梨香が目撃したという、黄秀可の一件にも、

「わし、よう知らんで。中し訳ない」

と言うばかりだった。

むろん、ビル内には、五名のダンサーが住みこんでいたので、彼女らは、売春防止法違反等で逮捕されたが、相手をしていたサラリーマン風の男五人も、経営の実態などは、まったく知らなかったと言った。

こんな具合なので、影宗が射殺した森谷のぞみを知っている者は〈いない〉という状態だった。

森谷のぞみが、玉山産業の林華麗夫人の秘書をしていたことは、小早川にもわかっていたが、なんのために、この時点で、彼女が捜査員たちの目の前に現われたのかが、不明だった。

影宗はこう言った。

「……おそらく、連中の仲間が〈捜査員が救出のため潜入して来る〉と、玉山産業の上層部に言ったので、夫人の命《めい》を受けて、武器を持ち、駈けつけてきたんでしょう。われわれの顔を知っているのは、彼女一人だったかもしれません。捜査の混乱に乗じて、私と警視正の命を狙った。つまり彼女は命令されて、殺し屋に変わったんです。可哀そうですが、これも止《や》むをえない結果だったと思います」

ガックリと肩を落とした影宗の姿は、他者《はた》からみても、気の毒な感じだった。

小早川は、影宗の職務行為による拳銃使用について、特別に、警察庁警務局の監察官に釈明した。

「正当な職務行為とみられますが、もう少し詳細に事情を明白にしたいと思います」

これに対して、警務局の佐々木《ささき》参事官は、

「情況からして、危険度の高さもよくわかるし、小早川さんが証言できる立場にあるので、大丈夫ですよ」

と、言ってくれた。

小早川と佐々木参事官は、面識もあるし、警察庁内の囲碁クラブでは、互先《たがいせん》で打つこともある仲間だった。

それでも慎重を期して、小早川は、

「世間の目が厳《きび》しい折ですから、いっそう、慎重を期したいところです。私のほうから、チャンスをつくって、影宗君の働きぶりなど、よく把握していただきます」

と、申し出たのであった。

2

小早川は、非常に忙しかった。

〈DP〉ビルの事件、影宗の事件、いずれも、直接に事後処理をしなくてはならない。

このほかに、妻の香奈と義妹の梨香の事情聴取、健康管理などまで、手を廻さなくてはならなかった。

香奈は、小早川に大いに詫《わ》びた。

「あなた。あなたによけいなご心配をおかけして、申し訳ありませんでした。私さえ、誘拐されなければ、お仕事の邪魔にもならなかったはずだし、第一、妹にも、危険なことをしてもらわなくてもよかったのに……」

蒼《あお》ざめた顔をし、涙を流して言った。

小早川は首をふった。

「いやいや、それは結果論だよ、あのときには、どうしようもなかったと思う。こっちの都合もあって、ああなることは、予見できても、防げなかった……」

「犯人たちは、証拠をあまり残さないで、逃走したんでしょう?」

と、彼女は口惜《くや》しそうに言った。

「ま、そうだけど……。それでも、おまえがあんなに早く自力脱出してくれたから、少しはよかったんだよ」

「そうかしら?」

「そうさ。少なくとも、おまえの努力が、結局、梨香さんを救ったのは間違いない……」

と、小早川は断言した。

「本当に、その話を聞いて、なんとも言いようがないわ。もし、私が助かって、妹が死んだら、私、生きてはいけない……」

これは本当のことだった。

そのくらい、香奈は、思いつめていたのである。

「でも、梨香さんは凄《すご》いよ。自分が殺されそうになっているのに、犯人の正体に気づいてくれたんだ。やはり、鈴村章一と名乗る男がリーダーのグループがやったことに違いない。つまり、新地銀行の資産隠しの関係さ」

「どこへ運んだか、わかりました?」

「およその見当はついているが、今は、コトを荒立てることはできない。あと一カ月近く経《た》って、世の中が静かになったら……踏み込むつもりだけど」

「それって、台湾の震災に関係あることですか？」

「ハハハ……じきにわかるよ。しかし、おまえも生命がけでやったんだから、ちょっと、匂わせてあげてもいい。やっぱり、おれが、初めから考えたように、バーディという車の件がからんでいるらしい」

「自動車ですか？」

「多分……。先日、一〇台のバーディが、横浜港から台湾へ輸出されたわけだ。それが、なんと、荷あげされて、一日で、すぐ、不良品として、日本へ返されたんだよ」

と、小早川は言った。

「本当ですか？」

「何かあったはずなんだ。さっき、現場から連絡があってね、戻されたバーディ一〇台のチェックをしたが、なんら問題点はないというわけ……」

「おかしいのね」

「もっとおかしいことがある」

「なんですか？」

「戻された日宝自動車のほうも、輸出代理をつとめた玉山産業に、なんの苦情もいわないようだ。もっとも、この二つは同一系列だからグルなんだが……」

「そのウラには、新地銀行がメインバンクとして、ついているんでしょう？」

香奈も、そのくらいはわかっていた。

「そのとおり……」

「ということは、どうなっているのかしら？……」

「まあ、その詮議《せんぎ》は、おれにまかせてくれないか」

「はい」

「それよりも、おまえは、入院している梨香さんの看病に行ってやりなさい」

梨香は、香奈よりも衰弱していた。事件で受けたショックが大きいのである。

「そうします。さっきも、電話してナースに訊《き》いたら、お食事は、消化のいいものなら、なんでも食べていいという、お医者さまの許可がでたそうなの」

「それはよかった。人間、食べられれば、元気がでる」

「あの妹《こ》、おはぎが大好物だから、私、お彼岸《ひがん》は過ぎているけど、手作りのおいしいのを作って、もっていくつもりよ」

「それはいい。とにかく、梨香さんはおまえに預けるよ。一カ月くらい、会社も休ませたほうがいいだろう」

と、小早川は言った。

3

梨香が救出されて、たちまちのうちに一週間の日時が流れた。

梨香は、日増しに元気をとり戻していった。

彼女は、病院を退院して二、三日経つと、すぐに、

「私、会社に行かなくちゃ……」

と、言い出した。

それを香奈は引きとめた。

「私のために、ひどい目にあったんだから、あなたに充分、休息してもらうのは、私の義務よ、責任よ。私、〈ベル旅行社《トラベル》〉の社長さんに電話して、『十月いっぱいは、妹を休ませますので、よろしく』とお断わりしたの。そうしたら『どうぞ、ごゆっくり』とおっしゃってくださったわ」

「そんな……。この不況のご時世に、ゆっくりして出て行ったら、リストラされちゃうわよ」

と、梨香が気色《けしき》ばんで言った。

「大丈夫よ、そのかわり、社長さん直《じ》き直きに私に注文《オーダー》があったのよ。おたくで出してい

る可愛い雑誌、〈小さな小さな旅〉の新年号から一年間、原稿を書くことになったわ。タイトルは、『女ひとり渡る世界はカニばかり』というの」

「やっぱり……そんな取引になっていたのね……」

梨香は笑った。

「だけど、おたくの社長さん、本当にカニ料理が好きなのね。私も嫌いじゃないけど、一年間にわたって、カニの話を書くためには、資料集めが大変……」

香奈も、妹に心の負担を与えまいとして、ニッコリした。

「じゃ、わかったわ。そのかわり、資料集めのお手伝いは私にやらせて……」

と梨香は言った。

「それはありがたいわ。そうなると、あなたにはしばらく、私の家《ところ》へ来てもらったほうがいいわ」

「えっ。どうして？」

梨香はキョトンとした。

「十月は、小早川は、例の事件の捜査を進めるために、とても忙しくて、帰宅する日は少ないのよ。それに、十月の末には、彼、台湾へ出かけるらしいの」

と、香奈は言った。

「台湾へ？」

梨香は呟《つぶや》いた。

「そうよ。私たちを誘拐、監禁したのは、玉山産業の関係者ということはわかっているけど、実行したのは、日本の本社や工場の者ではなくて、証拠もつかめなくて、小早川は悩んでいるみたいよ」

「じゃ、台湾のほう？」

「そう。台湾側と日本の玉山産業との合弁会社で、台北日宝自動車というのがあるわけね。これがノックダウン輸出の窓口になっているとか言ってたわ」

「ノックダウン輸出というと、日本で日宝自動車が部品や半製品を製造、輸出して、現地で組み立てて完成品にするんでしょう」

「そうよ。新聞などでは、ＫＤ輸出と書いているけど……」

「台北日宝自動車というのなら、現地の台湾には、台北にＫＤ工場があるんでしょうね？」

と、梨香は訊いた。

「そうでもないらしいわ。小早川の話では、台北には事務所ビルがあるだけで、台中の嘉義県あたりに工場があるそうよ」

「そっちへ出張するわけね？」

梨香の目に、一瞬、不安な光が宿った。

「どうしてもそこへ行かないと、ハッキリわからないんですって」

「でも……向こうは向こうの警察に、捜査をしてもらうんでしょ?」

「ええ。合同捜査とはいっても、小早川の行動には制約があると思うわ。……ま、いいじゃないの。そっちのことは、男のひとにまかせるしかないわ。あなたは、当分、私と二人で暮らしながら、カニの資料集めをして、のんびり過ごすことが大切よ」

「ありがとう。お姉さまのおっしゃるように、おとなしく旅行随筆家の秘書をつとめます」


と、梨香は、冗談めかして言った。

「おとなしくだけはよけいよ。こっちは、じゃじゃ馬妹を預かって、心労が重ならないようにって、夫《ハズ》に念を押されているんだから……」


言い終わって、香奈と梨香は声をあげて笑い出してしまった。

ようやく、姉妹には平安が訪れたようにみえる。しかし、実際は、まだ事件が解決したわけではない。そのために、香奈、梨香の二人を小早川のマンションに集め、警視庁と警察庁の警戒パトロールが四六時中、おこなわれる手はずになっていたのである。

4

小早川の大きな悩みのひとつは、部下の影宗の拳銃使用問題であった。それが正当に使用されたのでなければ、小早川自身、部下の監督責任を問われることになる。

そのことが明らかでないまま、十月なかばになって小早川は、どうしても、自分が台湾に渡り、台北日宝自動車の工場を調べなくてはならないと考えるようになった。

そこで、小早川は、警務局の佐々木参事官に相談した。

「……うちの影宗君のことですが、本人の希望もあるし、私としては、台湾へ行くとき、彼を連れて行きたいのです。そのことをご了解していただければ、と思っています」

佐々木は、小早川を、〈警察庁随一《ずいいち》の優秀な男〉と評価している参事官だった。

「あなたが、そうしようと思うのなら、それがいいですよ」

と、アッサリ同意した。

「影宗君とは、初めから、新地銀行の問題ではやっています。そこで、ついでといってはなんですが、彼の働きを見ていただくために、台湾へ行くとき、ご一緒していただけますか？」

と、小早川は言った。

「ホウ、台湾のどこへ？」

「台中の嘉義県に、台北日宝自動車のK D《ノックダウン》工場があるんです。そこへ行けば、ラチがあくと思いますが……」

「今回の地震の影響はどうですか？」

「工場は、さしたる被害を受けていないと聞いています。それに、もう大きな地震もないでしょうから、ご心配はいりません」

「そうですか。今、台湾は、大地震のあとで、市民は大変な生活を送っているはずだし……総統選挙のこともあるんで、いろいろ難しいんでしょう」

と、佐々木は温厚な顔を曇らせた。

「そのとおりです」

と、小早川は頷《うなず》いた。

「しかし……これまでの捜査の仕方をみていると、どうも、ポイントは台湾にあるのに、小早川さんは、沖縄方面から、北へ北へと調べて、とうとう東京へ来て、次に大阪へと移った。これは作戦なんでしょう？……きっとあなたから、今に、真実を聞けると思っていますが」

顔は笑っているが、佐々木の目つきは鋭かった。

「ご賢察のとおりです。玉山側……つまりは新地銀行の隠し資産担当者は、台湾から私の目を外《そ》らすようにずっと動いてきたわけですよ……」

小早川は初めて打ち明けた。

「そうでしょうな。しかし、手は打ってあったわけで……」

「はい。台北の西山大飯店本店の陳楊白氏は、台湾側の特殊警察員です。その部下の胡上恵氏は、これまでも、わがほうに肩入れしてくれた立派な調査員でした。実は、うちの家内の妹が、台湾ツアーのコンダクターをしておりまして、このツアーの中に、玉山の黄秀可――鈴村章一という日本名の男が、プライベートの旅行者としてはいったのをキャッチして、胡氏にもツーリストとして参加してもらったのですが……。これは大地震にまきこまれてしまって……。いちおう、黄秀可の牽制《けんせい》はできましたが、七〇パーセントの出来で……。とにかく、ここは、私も現地へ行かなくては、と思っております」

と、小早川は言った。

すると、佐々木は、じっと聞いていたが、やがて大きく頷いた。

「うん。わかりました。捜査のことは、私にはわからないが、影宗に関係するというならご一緒しましょう」

「行っていただけますか」

「行きましょう」

「ありがとうございます」

「で、小早川さん、新地銀行の隠し資産は、もう台湾へ渡っているとみているんですか?」

「はい」

「どうやって」

「それがどうも、とんでもないやり方のようです。九月に、横浜港から一〇台のバーディという車が台湾へ輸出され、そのまま、台北からUターンして来ているんです」

「…………」

「この一〇台が……どうも、新地銀行の資産……黄金とチタンで、シャーシー部分をつくり、台北へ行き、そこで、普通の一〇台とすりかわって、日本へ戻って来たと推定されるんです。まだ、現物を見ていません。それが解体される前に、キャッチしなければ……。陳氏、胡氏……この二人からの連絡によると、KD工場の一角に眠っているとか……」

小早川の言葉は、低いが、熱がはいっていた——。

5

佐々木参事官を同行した小早川と影宗らの三人が、台北空港におり立ったのは、十月二十日のことだった。

台北は快晴だった。

小早川の目論見《もくろみ》では、この日は、西山大飯店本店で、陳楊白、胡上恵の二人に再会。その後、嘉義KD工場の様子を確認する。そして、きちんと作戦を立ててから、佐々木参事官を現地に案内するという段取りだった。

西山大飯店本店に到着する前、小早川は、影宗に命じた。

「おそらく、向こうの連中のうち、なん人かは、こっちの行動を察知して、監視していると思う。君は、われわれと絶えず、つかず離れずの位置にいてガードしてくれないか」

「はい。わかりました」

影宗は二つ返事だった。

「何かあったら、逐一《ちくいち》、報告してくるように……」

と、念を押した。

彼が、西山大飯店本店の手前、一〇〇メートルで、空港からの車をおりたとき、

「いいんですか？」

佐々木参事官は、心配げに言った。

「あのほうがいいと思います。お互い、やりやすいと思って」

小早川は言葉少なに答えた。

西山大飯店本店のポーチのところには、陳楊白と、胡上恵の二人がならんで立ってい

た。小肥《こぶと》りで、いかにも飯店のマネージャーふうな陳楊白。それに対して、芸術家らしさを、髪の毛と髭《ひげ》で表現した胡上恵。このほうは、小柄で痩《や》せていて、これも警察の仕事をしているとは思えなかった。

「お出迎え、ありがとう。こちらが、電話でお話しした佐々木参事官です」

と、小早川は紹介した。

佐々木が、

「ゴーアン、リイホー、佐々木です」

と、現地語を若干《じゃっかん》、とり入れた挨拶《あいさつ》をした。

「いやあ。お待ちしていました。こちらへどうぞ」

陳は、素晴らしい標準語で挨拶を返した。

小早川はニッコリした。

「久しぶりです。また、お世話になります」

と、小早川がいうと、胡上恵が、そばに近寄って来て、

「影宗さんはどこへ？」

と、訊いた。

「彼には、特命を頼みました。一〇〇メートルくらい向こうで車をおりてもらいました。遠くからわれわれをガードしてくれているでしょう」

と、こともなげに小早川は言った。

その後、小早川の手から、胡の掌《て》の中へ、何か紙片のようなものが渡った。佐々木はそれに気がついたものの、〈それは何か？〉とは質問しなかった。

小早川と佐々木の二人は、陳の案内で、大飯店の奥座敷というべき、〈碧瑠璃《へきるり》の間〉に通された。

そこは、テーブル式の二〇畳くらいの広さがあり、部屋の東西に曲水《きょくすい》が流れていた。

以前にも、小早川はここで陳に会ったことがある。今回は、明日、嘉義のＫＤ工場へ、どのようにしてアプローチし、問題になっている一〇台のバーディを、どうチェックするか、最終的な打合わせをするのである。

この席の冒頭、小早川は、

「ブツは、ちゃんと、ＫＤ工場の中にあるんでしょうね？」

と、切り出した。

「あります。今朝の段階で、運び出されていません。大丈夫です」

と、陳は請合《うけあ》った。

「ガードの人数は？」

「地元の警察署から五〇名です。日本側の責任者が到着次第、バーディ一台について五名の者が取り囲みます。また、別働隊のヘリが二機、連絡さえあれば、上空から情報を発します」

「それはたいした配備です。われわれとしては、日本の犯罪者のために、こちらの組織にご迷惑をおかけする点、大いに恐縮します。台湾当局の責任者のかたには、現地でお会いできるのでしょうか？」

「いちおう、政府の要員と、警察署長は、明日、嘉義でみなさんにお会いすると思いますが、私たちのほうでは、台北日宝自動車側の自首の形をとりたいと考えています。今は総統選挙のこともあって、この問題を大きく発展させたくないわけです」

と、陳は言った。

小早川は頷いた。

6

やがて胡も戻って来、その部下一名を入れて三名の台湾関係者と、小早川、佐々木の二人の前に、酒肴《しゅこう》が並べられた。

乾盃した後、再び、明日の行動について、検討が始まった。

小早川は、途中、席を外して、影宗と連絡をとった。

この段階では、彼のハッキリした応答があった。

「……影宗です。私は今、怪しい四人組に、取り囲まれて、身動きができません」

と、慌《あわ》ただしい様子だった。

「どうしたんだ？　どこにいる？」

と、小早川は問い返した。

「西山大飯店本店から南へ一キロくらいのところです。地名はわかりません」

「身動きができないとは、どういうことなんだ？」

「武装した者に囲まれているので、逃走は不可能です」

「よし、すぐに救出に向かう。目印は何かないか？」

「それは……」

そして、連絡は跡《と》切れた。

小早川は、室内にとって返した。

「影宗巡査部長が、武装グループに取り囲まれたということです。くわしいことは不明ですが、その地点は、この西山大飯店本店から南へ一キロと言っていました」

こんなふうに早口で説明がなされた。

佐々木参事官は、

「どうするつもりですか？……私は、すべてあなたにまかせますよ」

と、小早川に言った。

「申し訳ありませんが、救出に向かいます。おまかせください。陳さん……」

と、小早川は陳と胡の両者を平等に見比べるようにした。

「なんでもおっしゃってください。こちらでできることはなんでもします」

その言葉には、特殊なニュアンスがあった。

「では、すぐに南一キロの地点……国道があれば、その付近をパトカーでバリケードしていただけますか。その時間は約一時間で足りると思います」

「承知しました」

と、陳は言った。

「ほかに情報はありませんか？」

胡も、気になるらしく言った。

「すべては、現地へ行ってみてのことです。知った顔を一人でも目撃できれば、それでいいんですが」

小早川は、慌《あわ》てた様子はなく、静かに言った。

「それではすぐに……」

と、胡は出て行った。

陳は、

「必ず成果をあげてみせます」

と、謎めいた言葉を残して、いったん、室外へ出た。

二人きりになったとき、小早川は佐々木参事官に語りかけた。

「いよいよ、相手は勝負に出てきましたね。思ったとおり……」

佐々木は頷いた。

「しかし、次の手がわからない。どうする気だろう」

首をかしげた。

「何か言って来ると思いますよ。とにかく、影宗のために、われわれは一時的には、行動をストップさせられたことになります。次なる指示を待つしかありません」

小早川は冷静に言った。

「むろん、相手の本当のターゲットは、小早川さん、あなたでしょう」

「そのとおりです。今、私が考えていることは、なぜ連中が、新地銀行の隠し資産とみられる一〇台のバーディ……金《きん》とチタンで作ったものを、依然としてKD工場に置いているのか、という点なんです」

「なぜかな？」

「それは、私が必ず、その事実を確認するため、現地に乗り込むと思っているからですよ」

「それじゃ、連中は困ることになるわけだが……」

と、佐々木は呟《つぶや》いた。

「ですから、そこで一か八かの大勝負に出るのじゃありませんか？」

「え？」

佐々木が訊き返したとき、小早川のケイタイが鳴った。かけてきたのは、胡であった。

「そちらから南一キロ地点に着きましたが、特別のことは発見できません。ただ、途中で一台の車にすれ違いましたが、それは黄秀可愛用の車のようでした」

「わかりました。引き続いて、情報をたのみます」

小早川は、そう答えると、佐々木のほうを見て軽く頷く余裕をみせたのである。

7

翌日になって、小早川のもとに電話がはいった。

「小早川さん、助けてください。私は今日、明日にも、殺されてしまいます」

珍しく、オロオロした影宗の声が、小早川の耳朶《じだ》を震わせた。

「心配するな、すぐ助けに行く。今、つかまっているところはどこだ？」

小早川は落ち着いていた。そばに、佐々木参事官と陳がいた。

二人の耳も、じっと、小早川の会話に注意が向けられ続けた。

「ハッキリは言えません。わからないのです。目隠しされているし、情報がありません。伝言を二度、繰り返します。それだけが許されたことです」

と、影宗は言った。

「言いなさい。できるだけゆっくりと……」

このときの小早川のケイタイは、台湾当局の諜報部の盗聴システムとコネクトしており、次々に記録されていた。

「明日、午前一〇時、小早川ひとりで、嘉義から阿里山《アーリーシャン》、千仏洞《せんぶつどう》へ行く登山鉄道の駅の手前、千仞《せんじん》の展望所に来るように。他の者を同行すれば影宗の生命《いのち》はない」

影宗は、何か紙に書いたものを読んでいるのはすぐわかった。二度、言い終わると、慌てたように、電話は切れた。

「なんだ、これは……」

と、小早川は、佐々木参事官のほうを見た。

音量を大にしてあるので、そばにいる者にも、およその言葉はわかった。

「明日、午前一〇時か……」

と、佐々木は呟いた。

「小早川さんひとりと言っていますね」

陳が、暗い表情をつくった。

「そうです。しかし、いったい、そこでどうするというのかな？　影宗と引きかえに、こっちが手をひけというのか？……何を今さら……」

と、小早川は呟いた。

「千仞の展望所というのは、わかりますか、陳さん」

と、佐々木が訊いた。

「ああ、わかります。あのへんは、三〇〇〇メートルに近い山々がありましてね、たくさん、展望所があります。千仞というのは、地元でそう呼んでいる深い渓谷の奇勝ですよ。あのへんは、ツアー客も数少ないところ……」

と、陳が応《こた》えた。

「登山電車には、観光客が来るんじゃないですか？」

佐々木が陳に訊いた。

「ですが、千仞の展望所は、ポツンと離れているので……」

陳の説明を聞いた佐々木は顔色を変えた。

「小早川さん、一人で行くのは危ない。相手は、仲間を殺されたりしているから、この取引で、何よりもまず、あなたを殺そうと計画しているんでしょう。陳さんにお願いして、観光バスに捜査員を多数、乗せてゆくようにしたら？……むろん、全員をツーリストに仕立てて行くんです」

この言葉に、

「それがいいでしょう」

と、陳はすぐに応えた。

「できますね？」

佐々木は念を押した。

「明日の午前一〇時なら、時間はあります。向こうの現地捜査員を動員しましょう」

陳が言ったとき、小早川は静かにそれを押しとどめた。

「やめてください。私は、ひとりで行きますよ」

この声に、佐々木はキッとなった。

「どうして？」

「影宗は、私の部下です。その問題を解決するのは、私の責任です。どうしても、私ひとりにやらせてください」

「小早川さん、これは明らかにワナですよ。わかっていると思いますが……」

と、佐々木が言った。

「わかっていても行きます。少なくとも、私は、この際、他人《ひと》の手を借りたくはありません」

小早川のキッパリした言葉に、陳が困惑の表情を見せた。

「千仞の展望所へ行くには、たった一本の舗装道路があるだけです。あなたをガードして行けば、必ず相手に目撃されるし、そのへんが難しいんです。むしろ、小早川さんが、ツーリストにまぎれて展望所に来たというのなら、少しは誤魔化《ごまか》せると……」

「いや、それでは、向こうが現われないのではないでしょうか。私ひとりで行きます。これは私の責任ですから」

すると、佐々木も大きく頷いた。

「小早川さんだけでは、私の立場がなくなります。今、影宗巡査部長は、警務局の参事官である私が預かっているわけで、そのために、私が来ていることを忘れんでください。明日は二人で行きましょう。ただし……」

と、佐々木は陳のほうを向いた。

「なんですか？」

と、陳が訊いた。

「ひとつ、ヘリを飛ばしていただけますか？　いざというとき、ホバリングして、われわれを救出する体制だけは作ってほしいのです。こちらとしても、犬死だけはしたくないので……」

「ごもっとも……」

陳は、自信たっぷりに応《こた》えてくれた。

こうして、翌日、午前一〇時に、千仞へ行く者は、小早川と佐々木の二人で、ガードは空中のヘリが受け持つことになったのである。

8

この日。

玉山《ユイシャン》の前衛に当たる一八の山々には、明るい秋の日が射《さ》していた。檜《ひのき》の原始林の中には、二千年の時を刻む老木もあって、これぞ、仙境と呼ぶにふさわしい奇勝が展開している。

小早川と佐々木の二人は、陳楊白が手配してくれたオープンカーで、曲がりくねる唯一の舗装道路を、千仞の展望台目指して登っていった。

午前九時四〇分。

一台の観光バスが、路肩に駐まっているのを追いぬいた。人影はなかった。しかし、小早川は小声で、

「これは、台北日宝自動車のものですよ。パターンが似ている」

と、言った。

「では、もう来ているわけですな」

佐々木が言った。

「そうだと思います。われわれより後になれば、約束の時刻には間に合わなくなります」

小早川の言葉には、さすがに緊張感が漂《ただよ》っていた。

佐々木は、陳に借りた千仞付近のマップを広げ、それに見入り、

「そろそろ、展望所前の広場に着きますね。広さは一〇〇〇平方メートルくらいのものですが、きっとここに待っているんでしょう」

と、言った。

「あと五分強か……」

小早川は車をペースダウンして、頭の上を振り仰いだ。

「あっ。ヘリが来ましたよ」

小早川は、確かにローターの音を聞いたが、山影が邪魔して、その勇姿《ゆうし》を見ることができなかった。

「大型の軍用機を廻してくれると言っていました」

と、小早川は言った。

「場合によると、ヘリのために、相手が取引中止を言い出すかもしれないが」

と、佐々木は自分の懸念《けねん》を口にした。

「それはありません。取引といっても、つまりは、私の生命《いのち》が欲しい、というだけのこと

ですから……」

覚悟をしている小早川の態度は、実に堂々としたものだった。

このとき、車は、地図にあった千仞の展望所前の広場に到達した。

この展望所は、ガソリンカーの登山鉄道ができる前に作られた木造二階の建物が、崖の突っ端に聳《そび》えているという、見るからに凄《すご》いものだった。近ごろは、ツーリストは、ここへ来ることは少なく、みんな登山鉄道で大塔山《だいとうざん》へ登り、その裾からわきおこる雲海を楽しむのだった。

二人は、オープンカーをおり、展望所の方を見た。

「おお、あれだ」

と、小早川が言った。

時計は午前一〇時一〇分を指していた。

木造展望台は、三六〇度の眺望を誇っており、広場側にも、反対の崖下の渓谷側にもバルコンが作られていた。その上に二つの人影が現われた。

一人は影宗で、もう一人は鈴村章一こと黄秀可だった。

「影宗か。言われたとおりに助けに来た。早くそこからおりて来なさい」

小早川は諭《さと》すように言った。

すると、それに応じるかのように黄秀可の声がした。

「もういいだろう。君の口から、小早川に真実を教えてやるんだ。あの男はまだ気づいていないから、ノコノコと、ここまで来たらしい」

続いて影宗が言った。

「小早川さん、ここまで二人だけで来るとはね。おれは、安い給料で生命がけの仕事をするのは嫌になっていた。高校を出たばかりの野球のエースだって、一億円はもらえるご時世に、あんたの人使いの荒いこと。だからおれは就職先を変えたってわけ。こんな説明は、もうどうでもいいんだ。おれはね、森谷のぞみと仲良くしていたが、あいつも玉山の社長に可愛がられていて、二人で結婚してもいいと思っていたのに……おれは失敗して、のぞみを撃ち殺してしまった。小早川さん、あんたのためだぜ。あんたの目を誤魔化すために、適当に撃ったのが、運悪く当たってしまって……」

そこまで影宗が憎々しげに言ったとき、小早川はそれを遮《さえぎ》った。

「そのくらいのことは、とっくに見当はついていたさ。だから、こっちは、君から情報が流れるのを承知の上で、わざと玉山産業の社長をマークしていたんだ。おれが東京や大阪ばかり見ていると思ったら、大間違いさ。しかし、おれには、君を引っぱって部下にした責任もあるし、このままでは、警察庁の名誉にかかわる。だから……危険は承知で、ここまで君を救いに来た。救いに来たんだよ、影宗君……」

小早川の声には悲痛な響きがあった。

9

バルコンの上で、影宗と黄秀可が銃を構えたのがわかった。

「黙ってもらおうか……」

影宗が言った。

午前一〇時一九分になろうとしていた。

このとき、小早川は天を仰《あお》いだ。むろん、空からヘリによる援護を期待したのである。

が、タイミングがずれたのか、いったん、ローターの音を聞いたのに、その音は遠ざかっていた。

〈しまった！〉

と、小早川は思った。

〈殺《や》られる〉

と、感じた。

突如、凄《すさ》まじい衝撃が、小早川と佐々木を大地に叩きつけた。

〈地震だ〉

倒れながら、小早川の眸《め》は、展望所のほうへ視線をなげた。が、なんということだろう。展望所は土煙とともに崩れ落ち、たちまち、断崖の彼方、千仞の谷へと吸い込まれていったのだ。

小早川の隣りには、佐々木も、平蜘蛛《ぐも》のようにひれ伏していた。

「もの凄い！」

口の中に草と土がはいったのを、ペッと吐き出し、佐々木が言った。

小早川は半身を起こした。

「あれを見てください」

彼の言葉に、佐々木参事官は、そのままの姿勢で、自分たちの乗って来た車を見た。オープンカーは、三〇メートルものかなたに、吹き飛び、これも断崖のはずれに、前輪を、空中に突き出した形でとまっていた。

「危なかった……」

佐々木は掠《かす》れ声で言った。

「乗っていたら、バランスが崩れて、あのまま落下していたかもしれません」

と言い、小早川は立ちあがった。

どーんと、また、強い余震が来た。しかし、佐々木も、服の泥をはたきつつ、躰《からだ》をやっと起こすことができた。

「確認してきます」

小早川は、崩れ落ちた展望所の建物土台跡へ近づいて行った。

「危ないからやめとけば……」

佐々木が声をかけた。

「いや……建物のバルコンには二人だけですが、一階にも三、四人の人影はありましたから……」

それらの仲間が、全員、建物もろともに、谷へ落ちてしまったか、あるいは一人二人、助かっているのか、小早川は、確認したかったのである。

崖に腹這う恰好《かっこう》で、直下を見ると、煙霧が湧きあがり、神韻縹渺《しんいんひょうびょう》として、そこは何事もなかったようである。

〈ダメか！〉

と、思い、フト、脇の懸崖《けんがい》の一角を見ると、一〇メートルほど下に動く者があった。その男は顔をあげた。

「おお、影宗。大丈夫か？」

小早川は声をかけた。

その気配に、上を向いた影宗の額《ひたい》のあたりが血で染まっていた。

「…………」

何か言ったものの、声にはならなかった。彼は、小早川をたしかに見た。影宗は、奇跡的に、崖の途中でひっかかったらしい。

「頑張《はげ》れ。助けてやるぞ」

励ますつもりで小早川は言った。が、それまでだった。影宗は、両手で岩角に、かろうじて、つかまっていたのだ。が、右手を離し、一瞬、小早川のほうを拝《おが》むような所作《しょさ》をした。それは、小早川に向かって、「許してください」というつもりだったように見えた。

次の瞬間、バランスを崩した影宗の躰は、すーっと、千仞の谷の底へ吸いこまれ、すぐに煙霧にとざされてしまった。

なんの音も聞こえなかった。

なぜか、小早川の目に、涙がこみあげてきた。

彼はゆっくりと起きあがり、用心深くバックして、佐々木のところへ戻った。

「どうでした?」

と、参事官が訊いた。

「いやあ……影宗君が、崖の途中でひっかかっていましたが……」

「おお、助かりそうか?」

「いいえ。『許してください』とハッキリ言って、みずから、手を離すと、千仞の谷に消えてしまいました」

「そうですか」

この後になって、地上の異変に気がついたヘリが、低空でホバリングをし、救助ロープをおろしてくれた。

小早川らが乗ってきたオープンカーは、使える状態ではないし、第一、展望所に続く舗装道路が寸断されているのは、ヘリが確認できたのである。

この日、午前一〇時一九分に、嘉義県地方を襲った大地震は、九月末の地震に比べても、所によっては、強震と言っても過言ではなかったと、あとで、小早川らは知った。

ヘリの手配をしていたのが、さいわいして、小早川と佐々木は、被災の中心部を、無事に離れることができた。さもなければ、途中、バスに乗った鈴村章一たちの配下らが暴徒化して、二人を襲ったことは容易に想像できる。

主謀者は、玉山産業の林華麗夫人、そして日宝自動車の黄秀用社長と思われたが、さしあたり、小早川は、台北日宝自動車のKD工場を、台湾警察の人々とともに捜査した。

その結果、予想どおり、一〇台のバーディ……横浜港から輸出され、すり替えられたものが、チタンと純金で作られたモデルだと確認された。

10

この目にも眩《まぶ》しい黄金こそ、小早川が追及していた新地銀行の隠し資産に違いなかった。本題の最終的解決は、新地銀行の頭取以下の経営陣の取り調べをしなくてはならない。さらには、国会議員も数名、この隠し資産にからんでいるという噂《うわさ》もあり、内偵は進められていた。

困難なハードルは、まだまだ、いくつもある。けれども、台湾を後にして、台北空港から、帰国の途についた小早川と佐々木の胸中は複雑であった。

機内で並んで坐った小早川と佐々木は、こんな会話をした。

「小早川さん、私の仕事は、新地銀行の隠し資産ではなくて、あなたが一番よくご存知のように、影宗君の処分についてですが……」

と、佐々木は言った。

「はい、佐々木さんにはご迷惑をおかけしました。私は可愛がっていた影宗が、敵の廻し者になっていることを、早くから知っていました。ひとつには、彼を利用して、敵の目を私の上に集中しておいて、台湾での捜査を秘密裡《り》にやるということ……これは成功しました。けど、佐々木さん、私は影宗を立ち直らせたかったんです。彼がもし、〈DP〉ビルで、森谷のぞみさんを撃たなければ、きっともっと早く立ち直らせることができたと思うんです。だからこそ、あなたにわざわざ、台湾にまで来ていただいて、彼の働きを見てもらおうとしたのですが失敗しました」

小早川はしんみりして言った。

「わかります。あなたは、あの若者の目を醒《さ》まさせたいと思って、この一年を過ごしてきたんでしょう」

佐々木は、小早川の顔を見た。その顔に、深い憂《うれ》いのあるのがわかった。

「でも……最後に、あの男は……ええ、もう少しのところで救われるところでした。信じてください」

「小早川さん。影宗は、死の直前、あなたにハッキリと『許してください』と言ったのですね」

佐々木は念を押した。

「はい、ハッキリと……」

小早川は嘘を言った。確かに、あの男は、何かを言ったのである。そして、右手で拝むような恰好《かっこう》をした。しかし、それは、単に、〈助けてくれ〉と言い、助けを求めて手を伸ばしただけかもしれなかった。

だが、小早川は思いたかったのである。

「ええ。今後、どこへ出ても、私は証言しますよ。彼のことを……」

小早川はそう言って、機窓から外を見た。虚空《こくう》は、ぬけるような青空だった。

間もなく、機は日本の領空にはいろうとしていた。

解説――新たなる「小早川《こばやかわ》ファミリーの冒険物語」

影山荘一《かげやまそういち》

旅行社添乗員《ツアー・コンダクター》の夏木梨香《なつきりか》に、忘れることのできない記憶を残すこととなった、初めての台湾ツアー。と、本作品はこうしたアピールポイントを、冒頭において始まる。

だが、本文庫ファンのみなさんなら、この『台湾殺人旅情』が、梨香にとっては、台湾と限らず、「初めての」国外ものである点に、いち早く注目されたことだろう。そして斎藤栄氏は、本作品の親本の「著者のことば」で、つぎのように記している。

「これからのミステリーは、二十一世紀を目前にして、スケールの大きなものが要求されてくるようになるだろう。また、日本国内の事件がメインであっても、国際級の文化指向に基づいて、たえず、外国への視線を忘れるわけにはいかない。

こうした二つの基本観点から考えたのが本作品である。（中略、今回は小早川雅彦《こばやかわまさひこ》警視正が）思わない伏兵に足下をすくわれ、大地震の起きた台湾の地で、意外な結果を迎えるというストーリーにし、全力を傾注した」……。

『台湾殺人旅情』の親本は二〇〇〇年（平12）十一月にノン・ノベルより『大地震 台湾殺人旅

情』と題して刊行され、初出誌の「小説NON」には同年一月号から七月号まで連載された。祥伝《ノン》社のメディアが生んだ小早川警視正のロングシリーズは、これが第十五作となる。

今回のテーマになった台湾中部の大地震は、夏木梨香といわず、みなさんの記憶にもまだ新しいものがあるだろう。それは一九九九年（平11）九月二十一日の未明、一時四十七分（日本時間同二時四十七分）に起きた。災害は南投県・台中県を中心に、広域に及んだ。

作中にあるように、地震発生後の経過では、震源地の確定をはじめ種々の情報が交錯し、パニック状態を現出したのも、ぜひもなかった。やがて集計された数字では死者約二千四百人、負傷者一万一千人以上となる。死者のうち、邦人は二人。またマグニチュード（M）は当初発表の7・6から、米地質調査所の測定した7・7に修正された。

現地では連日の余震が人々をおびやかした。最大のものは五日後の二十六日早朝に襲ったM6・8で、五人の死者を出している。台湾当局はこの一連の震災に、震央付近（南投、ないしは日月潭《ズーユエタン》の南方）の地名をとって、「集集《チーチー》大地震」と命名した。

この年はこれに先立ち、中東での記録的な大規模地震が、世界を驚かせたばかりだった。台湾のわずか五週間前、八月十七日（それも同じ火曜日の未明である）に、トルコ西部で起きたM7・4、死者一万七千人の惨害がそれである。仏教なら、集集大地震はその「五七忌」……?、恐ろしい偶然と言おうか、天災にも連鎖反応はあるのだろうか。

　さて今回作は前記のように、初の国外ものとあって、夏木梨香の姿は早々と、台中市に現われている。ツアーの内容は梨香の企画で、関東地方から十人だけという小人数《こにんず》の客を募り、台北《タイペイ》までの一週間をじっくり観光にあてるデラックス旅行だ。

　いっぽうこれと並行して、メーンキャラクターの小早川警視正も、動き出している。こちらの公務もいつにない遠征で、行く先は沖縄方面。その第一歩は、「九月二十一日未明」の久米島《くめ》だった。同行するコンビの若手には、シリーズ初登場の影宗《かげむね》巡査部長がいる。

　捜査の目標は、大阪に本店のある銀行の、資産隠し疑惑である。約一千億円の資金が「モノ」に換えられ、久米島に運び込まれたという。捜査は、そのモノが何なのか、から始めなくてはならない。警察庁へ直接入った内部告発で、小早川にマル秘の特命が下った。

　梨香の付き添う十人のツアーメンバーは、つぎのようだった。まず三組の夫妻は新婚の木村《きむら》、中年の後藤《ごとう》、老年者で長谷川《はせがわ》。ついでカメラマンの佐倉《さくら》と画家の桃山《ももやま》、両者はともに六十歳で仲間同士だが、梨香にはこの旅行中、なぜかそれを伏せて行動するのだと語る、いわくありげな存在だ。そして台湾籍の男性が胡上恵《こじようけい》、黄秀可《おうしゆうか》なる二人である。

　胡は若い彫刻家として名を知られている。黄は日本名を、鈴村章一《すずむらしよういち》と名乗っているという。いずれも日本生まれで、東京に住む。ここで梨香のなかに動いたのは、そうした二人が里帰りの形でもある台湾行きにあたって、なぜ観光ツアーなどを選んだのかという好奇心だったが、これは同時に、このあとのお話を追う上での留意点としておいていい。

少々先の設定に、目を向けておこう。小早川の追及する問題の銀行には、玉山《たまやま》産業、日宝《にっぽう》自動車なる有力顧客がある。この両社は経営者同士が夫妻で、玉山の女性社長は林華麗《りんかれい》、日宝の社長は黄秀用《おうしゆうよう》という。そして夫妻は、鈴村こと黄秀可の両親なのだった——これが、梨香の台湾ツアーと小早川の沖縄捜査行を結ぶ接点となる。

こうして迎える「九月二十一日未明」は、むろん第一のヤマ場である。ツアー一行を見舞った大地震の衝撃はいうまでもないが、その混乱のなか、胡上恵が行方不明となる。続いて、地震発生直後まで無事だった黄秀可の姿も、一行から消えてしまう。

梨香には、残る八人の日本人客とともに一刻も早く、台湾脱出を図るほかない。一行は運よく調達できた車で、台北空港をめざす。それにしても、二人の台湾人はどこへ行ったか。ともあれ「梨香の台湾、小早川の沖縄」という背景のなかで、斎藤氏の用意する謎のファクターは、着々と積み上げられていく。

そして本作品のメーンステージは、梨香が帰国直後の、国内へと移る。そこで起きるのは小早川宅への脅迫と、梨香の姉である夫人・香奈《かな》の誘拐事件だ。香奈は横浜をへて大阪へ拉致《らち》され、小早川の合流、姉を追う梨香の決死的な「敵地」潜入——と、波乱十分な斎藤氏のサスペンス世界が、くり広げられる。

ここからしばらくのストーリー展開は、この「夏木姉妹」、香奈・梨香のおちいった非常事態を中心として進行する。じっさいにも、姉妹そろっての大ピンチは、シリーズが始まって以来の異変である。そこでは梨香のなかにあった疑問にも、答えが出る。ツアーから消えた二人、とくに黄秀可とは、そもそも何者だったのか。また脅迫者の正体は――。

本作品を結論から言えば、そこに、通常の推理興味に訴える決定的な事件は出現しない。小早川と影宗の活躍する経過のなかでは、たしかに死者、犠牲者の発生する局面を見ることができる。が、それもあくまで「経過」上のプロットのひとつとすれば、今回の斎藤氏の構想は、過去の本シリーズになかった「小早川ファミリーの冒険物語」と呼ぶのが、妥当なところと思われる。

台湾の大地震で幕をあけた本作品は、一か月後、小早川と影宗のおもむいた台湾で、カタストロフィーを迎える。その結末にひかえる意外な逆転劇こそが、斎藤氏流の大わざであることを、新しいファンのみなさんは記憶される価値があるだろう。そして地震に始まり、さらなる地震に終わる本作品には、自らも阪神・淡路大震災で被災した斎藤氏（参照・『二階堂警視 夜明けの殺意』＝九五年・平7）の忘れがたい体験が、影を落としている。

プラス・1《ワン》を記そう。大団円のシーンで小早川らの際会するのは「十月二十二日朝」の強震だが、これは一連の集集大地震とは直接の関連のない、新たな災害とされている。震源は嘉義《ツァイー》近郊でM6・4、負傷者三百六十五人、死者はなかった。台湾にはこの後も十一月二日、南東部沖の太平洋が震源のM6・9が襲い、まさに受難の年となった。

（この作品『台湾殺人旅情』は、平成十二年十一月、小社ノン・ノベルから新書判で刊行された『大地震　台湾殺人旅情』を改題したものです）

祥伝社文庫

上質のエンターテインメントを！　珠玉のエスプリを！

祥伝社文庫は創刊15周年を迎える2000年を機に、ここに新たな宣言をいたします。いつの世にも変わらない価値観、つまり「豊かな心」「深い知恵」「大きな楽しみ」に満ちた作品を厳選し、次代を拓く書下ろし作品を大胆に起用し、読者の皆様の心に響く文庫を目指します。どうぞご意見、ご希望を編集部までお寄せくださるよう、お願いいたします。

2000年1月1日　　　祥伝社文庫編集部

台湾殺人旅情《たいわんさつじんりよじよう》　長編本格推理

平成15年10月30日　初版第1刷発行

著　者　斎《さい》藤《とう》栄《さかえ》

発行者　渡辺起知夫

発行所　祥《しよう》伝《でん》社《しや》
東京都千代田区神田神保町3-6-5
九段尚学ビル　〒101-8701
☎03（3265）2081（販売部）
☎03（3265）2080（編集部）
☎03（3265）3622（業務部）

印刷所　萩原印刷

製本所　豊文社

ISBN4-396-33130-4　C0193

祥伝社のホームページ・http://www.shodensha.co.jp/